JN268758

ミルトンの詩想

―― 『失楽園』を中心に

白鳥 正孝

鷹書房弓プレス

目　次

1. 神の御姿──『失楽園』の至福直観について── ……………5
2. ミルトンの理性再考──『失楽園』を中心に── …………22
3. ミルトンの自由意志再考──『失楽園』を中心に── ………45
4. ミルトンの聖霊観──その終末論的側面── ………………70
   ──『キリスト教教義論』と『失楽園』を中心に──
5. ミルトンの天使再考──『失楽園』を中心に── …………89
6. "Il Penseroso" の背景 ………………………………………124
7. "Il Penseroso" の背景再考 …………………………………143
   ──ミルトンとネオプラトニズムの一側面──
8. 『復楽園』における悪魔再考 ………………………………154
付録：『失楽園』の素材──'Genesis B' との関係── …………168
参考文献 …………………………………………………………177
あとがき …………………………………………………………187
索引 ………………………………………………………………189

神の御姿
―― 『失楽園』の至福直観について ――

序

　過去300年以上にわたるミルトン（John Milton, 1608～74）批評史の中で，ミルトンの神は，最も問題なそして，概して，不評判の目立つ話題ではあった[1]。勿論擁護する批評家はまた一方に大勢いるのだが，この方は概して地味で目立たず，それ故に苦戦を強いられている観は否めない。筆者の試みは，かつてエクセター大学留学中 Dr. R. D. Bedford 氏に師事した際，教わった言葉による。それは，「テキストそのものの忠実な読みが，百万の批評家にも勝る」というのであった。そのような意味で，素朴に『失楽園』を読み，そこから自然に浮び上ってくる「神の姿」を，筆者なりに精一杯まとめてみようという気になった。それがこの小稿である。

I

　上述の如く筆者の述べたいことは，ミルトンが，『失楽園』（*Paradise Lost*, 1667）に示さんとした「神の御姿」ということであって，これを更に3つの点に分けて考えてみたいと思う。1）神御自身の姿　2）御子における神の御姿　3）人における神の御姿の3点である。そして特に，人に焦点を当てた場合に，神の御姿を保持することが即ち至福直観[2]への道であるということを述べたい。
　神御自身の姿を表現する仕方の問題については，通常二様の態度があるといわれる[3]。1）negative な立場と2）affirmative な立場とである。negative な立場には the Pseudo-Dionysius（*c.* 500）や Dons Scotus（13c）や Nicholas of Cusa（15c）の名が挙げられ，神は直接姿を現わされず，どこ

までも 'negative vocabulary' をもって，神秘的に表現されるようだ。また affirmative な立場は，神の姿を人に適応せしめるところから，the theory of accommodation ともいわれ，スウェイム（Kathleen M. Swaim）は，次のように述べている。

　神学的適応とは，人間の理解が充分でないがため，超越し給う神を '知る' ために述べられる仲立ちの言葉である[4]。

　　　　　　　　　　　　　　　　　　　　　　　　　私訳，以下同。

　ミルトンが affirmative な立場であるのは，例のラファエルの言葉「人間の理解の届かぬところは霊のことどもを具体になぞらえて語ろう」[5]から推しても自明であるのだが，『キリスト教教義論』（De doctrina christiana, 1825）によっても節度あるそれであることがわかる。

　神の実体を知ることは，人の思考能力を，ましてや認識能力をはるかに超える。（中略）我々の安全な道は，聖書における神御自身の表現描写に一致するような神概念を，我々の心に形成することである。（中略）我々は神が我々の能力に御自らあわせられる際に，神が我々に考えてほしいと願うように示された，そういう神概念を心に抱くべきである[6]。

　しかしながら一説に negative な立場の影響もあるという人もいる[7]。

　さて，神は先ず第一に万軍の主であり，天国の宗主であり，専ら御子との間で交される天上の会議の主宰者である。また御子との対話ばかりでなく，ある特別な日に特別な宣言もされる（V, 603-605）。勿論御子を生み，油塗られ給うたのである。また天にて神をとりまく天使たちは，祝福の舞を舞い，天は光の領域（realms of light, I, 85）であると共に，至福と喜びに満ちているのである。

　神の回りには天の万軍星の如く密におり，

神の御目より言い表し難い至福を受けていた。

About him all the sanctities of heaven
Stood thick as stars, and from his sight received
Beatitude past utterance;

　　　　　　　　　　　　　　　　　　　Ⅲ, 60-63

天使の全群数限りないかの如く，大歓声をあげた。
その声は至福の和声の如く美しく，天は歓呼で鳴り，
称賛の高き叫びが永遠の領域を充した。

The multitude of angels with a shout
Loud as from numbers without number, sweet
As from blest voices, uttering joy, heaven rung
With jubilee, and loud hosannas filled
The eternal regions:

　　　　　　　　　　　　　　　　　　　Ⅲ, 345-349

第二に神は宇宙・万物の創造主である。光から始まって人間に至る万物を創造するのは勿論，地獄（Ⅰ, 70-73）を含めた宇宙，そしてまたサタンを含む[8]天使達の創造主でもある。

私［サタン］を神はあの輝かしい高位にあるものに創った。

　　　　　　　　　　　　［　］：筆者加筆，以下同。

... me, whom he created what I was
In that bright eminence,

　　　　　　　　　　　　　　　　　　　Ⅳ, 43-44

5巻では'自生自起した'（self-begot, self-raised, 860）などというがこれ

はむしろ傲岸不遜な自己矛盾というサタンの性格を示すとみる（拙著『ミルトン研究ノート』（弓書房，1979年），第4章参照）。何故ならアブジエルがサタンに向かって次のように言っているからである。

　　大能の父，万物をそしてお主さえも創った。そしてすべての天使を彼［御子なる言ことば］によりそれぞれの輝ける位階に創り給うた。

　　...the mighty Father made
　　All things, even thee, and all the spirits of heaven
　　By him created in their bright degree,

　　　　　　　　　　　　　　　　　　　　V, 836-839

　第三に，神は姿はお見せにならず，最もまばゆい天使セラフィム（that brightest seraphim III, 381）も，直視し難い雲間の光の中に住み給い（III, 375-382），象徴的には御自身，「光の源」（Fountain of light III, 375）である。また比喩として，お声の出所は「燃える山の隠れたる頂きの輝きからのようだ」[9]とも記されている。

　第四にいわゆる神人同形説的（anthropomorphic）な描写が幾つか挙げられる。先ずすべてを見透かされる眠らない目を持ち[10]過去・現在・未来を見透かされる方（"past, present, future beholds," III, 78）である。また天上の御子との対話・宣言は語られるのだから'声'でもある[11]。また耳と足音[12]が記される。更にもっと比喩的な意味で，ふところ，御手[13]，が記され，顔もサタンのように描写はされないが，言葉としては散見する[14]。更に補足していえば，神人同感同情説的（anthropopathic）側面もみられ，これは主に怒りと笑いとに集約されるといってよいだろう[15]。そして笑いに比すれば怒りの方に『失楽園』の神の特徴があるといえるだろう。

神の御姿

II

　神の御姿は，当然のことながら御子にも顕わされる。戦の場面ではsecond omnipotence（VI, 684）を付与され，反逆天使達を奈落へと突き落し，また御言葉として天地創造の遂行者であり（VII, 163-164），天上の会議の神との対話の専らの相手であり，そこで述べられる人間救済の摂理の遂行者であり，更には堕落後の告発の遂行者でもある（この点の詳細は，拙著，第5章参照）。あの3巻の天上における天使達の讃歌の場面（III, 372-389）においても，まばゆくて天使にもまして人にも見えない神を御子にははっきり見えるということが示される。

　神の似姿なる神の生みましし子，そのはっきり見えるお顔には雲もなく全能の父の輝けるお姿をお見せになって，そはそもそも御子による以外被造物の誰にも見られぬもの。

Begotten Son, divine similitude,
In whose conspicuous countenance, without cloud
Made visible, the almighty Father shines,
Whom else no creature can behold :

III, 384-387

我が栄光の輝き，愛(いと)しき子
見えざるわが神性
その顔に顕わせし子よ。

Effulgence of my glory, Son beloved,
Son in whose face invisible is beheld
Visibly, what by deity I am.

VI, 680-682

「神の御顔を見る」これが筆者のいう至福直観の意味なのだが，その御子は3巻384行目で，「神の似姿」（divine similitude）というふうに記されている。更に3巻のはじめの方で語り手は御子についてこう述べる。

　神の右にその独子なる
　神の栄光の輝ける御姿坐りたり。

...on his right
The radiant image of his glory sat,
His only Son;

III, 62-64

　このように神の御姿は御子に顕わされ，御子は栄光と至福の内にあることも再三語られる。

　神と等しい，いと高き至福の玉座にましまし，
　神の如き喜びを共にしつつ。

...throned in highest bliss
Equal to God, and equally enjoying
Godlike fruition,...

III, 305-307

　神の傍にはそのふところにあって
　御子至福の内に坐りたり。

By whom in bliss embosomed sat the Son,

V, 597

神の御姿

父は御子を栄光の内に迎え入れ，
彼は今かしこ［神の都］にまして，
至福なるその右手に坐す。

...who into glory him received,
Where now he sits at the right hand of bliss.

VI, 891-892

神のもとに急ぎ昇り戻り，
その至福のふところへと，
昔の通りの栄光に返り咲いた。

To him with swift ascent he up returned,
Into his blissful bosom reassumed
In glory as of old,

X, 224-226

III

　御子における神の御姿は，この位にして，人間における神の御姿の問題に移りたい。人間における神の御姿とは，創造時における「神のかたち」のことに他ならない。勿論聖書にちなんで，

さあ人を我々のかたちに，我々の似姿に創ろう（中略）
神は御自身のかたちに汝を創った，
まさしく神のかたちに。

Let us make now man in our image, man
In our similitude,... ; ... in his own image he
Created thee, in the image of God

Express,

VII, 519-528

　その様は，サタンが初めて人類を目撃したときから疎ましくも，また苛立たせもするものであった。

　かくもいきいきと彼らには，神の似姿輝ける。
　さしもの麗しさを彼等の型どりたる御手そそぎたる。

...so lively shines
In them divine resemblance, and such grace
The hand that formed them on their shape hath poured.

IV, 363-365

　またユリエルもガブリエルに "God's latest image" (IV, 567) と報告する。だがこの image は，単に外見だけのことを意味するのではない。

　神はまた汝に，豊かにその賜物，すなわち内と
　外と両方の美しきかたちを授け給うた。

...God on thee
Abundantly his gifts hath also poured
Inward and outward both, his image fair :

VIII, 219-221

イタリック：筆者，以下同。

　この内なる美しき形には正しき理性即ち良心[16]も含まれているのであり，しかも「徳が理性であって」(virtue, which is reason, XII, 98) その徳が唯一の至福の源なのである[17]。特に原初の裸でありながらも威風堂々として心身共に威厳を保つ様は次のように示される。

真直ぐに背高くはるかに高貴な二人，神のように真直ぐに，裸でありつつも，誉れと威厳に包まれ，すべてのものの長(おさ)としていかにもふさわしく思われた。というのも彼らの神々しき顔形(かおかたち)には栄えある造物主(つくりぬし)のかたち輝き，真理・知恵・厳かにも清い神聖が，厳かだが真に子たる身分の自由を備えていた。

Two of far nobler shape erect and tall,
Godlike erect, with native honour clad
In naked majesty seemed lords of all,
And worthy seemed, for in their looks divine
The image of their glorious maker shone,
Truth, wisdom, sanctitude severe and pure,
Severe, but in true filial freedom placed;

IV, 288-294

さてかくも神々しく気品に満ちた「神のかたち」である人間は，イヴが先ずサタンに，ついでアダムが「愚かにも女の魅惑に負けて」(fondly overcome with female charm, IX, 999) 堕落する。それと共に，領域的にも内面的にも，至福から追放されることになるのである。しかし人はついに悔悛の祈りを捧げる。そしてアダムは主の使いミカエルに導びかれ，山の上より堕落の結果将来起るべきこと，それと共に人の救いの為の神の vision (the visions of God, XI, 377) を示される。普通これは，typology (by types and shadows, XII, 232-233) といわれるものだが，筆者はここに御子キリストを頂点，つまり the true image of God (Hebrews, i: 3) として，その予型としての images of God が示されていると理解したい。エノク・ノア・アブラハム・モーセ・ヨシュア・ダビデ等において，そしてついに御子キリストの贖(あがな)いによって，人が救済されるということが予言され，至福は御子キリストと一体になることによって回復されることが予言される。

かしこでは，すべての私によって贖われし者，私と共に喜びと至福の内に住も

う。私があなた［神］と一体であるように私と一体にせられて。

...where with me
All my redeemed may dwell in joy and bliss,
Made one with me as I with thee am one.

XI, 42-44

　その後アダムとミカエルの問答の中の一つは，正にこの「神のかたち」を key word にして示される。アダムがあまたの病を見せられて発する言葉の中に，

　かくて，かつてかくも麗しく直く創られし人における神のかたちは，その後罪を犯したといえども，人に似つかぬ痛みのもとに，かくも見苦しい苦難にまで貶められるのでしょうか。幾分かはまだ神の似姿を保つ人間が，どうしてあんな肉体的奇形から解放されて，神のかたちのためにもまぬがれないのでしょうか。

Can thus

The image of God in man created once
So goodly and erect, though faulty since,
To such unsightly sufferings be debased
Under inhuman pains?　Why should not man,
Retaining still divine similitude
In part, from such deformities be free,
And for his maker's image sake exempt?

XI, 507-514

これに対するミカエルの言葉は，次の通りである。

　造物主のかたちは，人間が自分の放縦な欲望に仕えようとして自ら貶め，その仕えたものの像，獣にも似た悪徳（これが主にイヴの罪を生んだのだが）を自らの

ものとした時に，人間を見捨ててしまった。人間の罰がかくも卑しむべきものであるのは，その為であり，神の似姿をでなく，自分自身の姿を醜くしたからなのだ。仮にも神の似姿を醜くしたとすれば，それは人間が清い自然な健康なきまりを撓(たわ)めて，忌(いま)しい病に変えた時，自ら貶めてしまったのだ。だから当然なのだ。彼等は自らの内にある神のかたちを敬わなかったからだ。

> Their maker's image, answered Michael, then
> Forsook them, when themselves they vilified
> To serve ungoverned appetite, and took
> His image whom they served, a brutish vice,
> Inductive mainly to the sin of Eve.
> Therefore so abject is their punishment,
> Disfiguring not God's likeness, but their own,
> Or if his likeness, by themselves defaced
> While they pervert pure nature's healthful rules
> To loathsome sickness, worthily, since they
> God's image did not reverence in themselves.
>
> XI, 515-525

が，いずれにしても人間が「神のかたち」を再び取り戻すことができるのは，御子の贖いによるのである（III, 236-241）。人間の側から言えば，それは信仰によるのである（XII, 407-409）。但しそれは「人間の意志によるのでなく，神の恩寵による」（Yet not of will in him, but grace in me, III, 174）のである。そして贖われた者が御子を通して神の顔を見ることが，全き喜びなのである。

私［御子］はかくてわが贖いし者の大勢と共に，長らく不在の天に入り戻り，父よ，み顔を拝し奉ります。そのお顔には，怒りの影も留めず，確かな平和と和解あるのみ，その後，強いみ怒りはもはやなく，あなたの御前には全き喜びのみありましょう。

I [the Son] ...
Then with the multitude of my redeemed
Shall enter heaven long absent, and return,
Father, *to see thy face*, wherein no cloud
Of anger shall remain, but peace assured,
And reconcilement ; wrath shall be no more
Thencefoth, but in thy presence joy entire.

III, 258-265

　この引用を含めてこれまで辿ってきた『失楽園』全体の内に確かに潜在している認識は人は本来神のものであり、それ故に神に帰属しており、そういう状態にある時が至福なのであるということである。人が神に似るということ、また「神のかたち」に造られたということ、そのことの内にidentity（帰属意識）があり、この物語はidentity喪失とまた喪失を契機として、その回復への示唆の物語だと把握し得るのである。これは主にステッドマン（John M. Steadman）氏の教示によるのだが[18]、ミルトンの晩年の作『論理学』（*Art of Logic*, 1672）中にある'form'についての説明が一つの手掛りになるのである。

　形はものがそれ自体である原因である。（中略）それ故その形によって一つのものは他の全てのものと区別される。（中略）形が決められるなら、そのものが決められる。そして形が奪い去られればそのものも奪い去られる。

The form is the cause through which a thing is what it is.
....
Therefore by its form a thing is distinguished from all other things,... if the form is posited, the thing itself is posited, and if the form is taken away the thing is taken away.[19]

ここで帰属ということが単なる奴隷状態でないという意味で，予知と自由意志の問題に少し触れておかねばなるまい。つまり神が予め知っていて，それを未然に完全に防ぐというのでは，人間は操（あやつ）り人形になってしまうのである。ここにすぐれて人間の自由意志に関するいわば弁証法的構造があるのである。人間は善をなすも悪をなすも自由なのである。そして堕落は悪を選択したことを象徴的に示すのだが，それを契機として悔悛に至るまでの苦苦しいプロセスを経てよりよき善へ高められるという構図があるのである。

　以上人間における神の御姿の要旨をまとめると，人間の側に焦点を当てた場合に「神の御姿」を正しく保つことが，そしてもしそれが失われたなら，再びそれを回復することが，即ち至福直観（vision beatific, Ⅰ, 684）への道なのである。『教義論』の言葉を用うれば，それは，栄化（glorification）と呼んでもよいであろう。

　完全な栄化は，永遠の至福の命にある。それは主に神を見ることにより生ずる。

Complete glorification consists in eternal and utterly happy life, arising chiefly from the sight of God.[20]

　領域として失われたりといえども「神の御姿」を御子を通し，即ち神の摂理に導びかれて，心の内に回復し得る自由に，いや勝る幸せが示されている。その意味で，「神の御姿」の回復こそが，栄化こと至福直観への道であるということなのである。

注
序

1) Alexander Pope (1688〜1744) は 'スコラ学者' (a School-Divine) ("The First Epistle to the Second Book of Horace," *The Works of Alexander Pope,* Vol. Ⅲ (New York, 1881, repr. 1967), p. 356) だといい，William Blake (1757〜1827) はミルトンは「しらずして悪魔の仲間入りをしていた」("The Marriage of Heaven and Hell," *Blake : Complete Writings*

(Oxford, 1974), p. 150), また F. R. Leavis (1895~1978) の文体に関する批難 (*The Common Pursuit* (London, 1952) pp. 24-28), 同じく T. S. Eliot (1888~1965) の "dissociation of sensibility" の理論に基づく批難『エリオット全集IV詩人論』(中央公論社, 1960年) 700頁。A. J. A. Waldock の「ダンテ (Dante Alighieri, 1265~1321) に比して見苦しい」との批難 (*Paradise Lost and its Critics* (Cambridge, 1947. repr. 1964), p. 100), John Peter (*A Critique of Paradise Lost* (New York and London, 1960, repr. 1962), pp. 12-18) は, 神の meism が目立つとか, 厳格かと思えば, アダムの夢に出てくるように friendly だったりといった矛盾が読者を混乱させるという。M. H. Nicolson は「何となく怒りっぽい栄えあるデスクに鎮座まします校長」(*John Milton : A Reader's Guide to his Poetry* (London, 1964), p.226) といい, William Empson (1906~1984) は, 人間の感覚で天国の有様 (ほとんど無様さ) を面白おかしく述べる。例えば, 天使の性の問題, 仕事のこと, 序列, (神の) 予知, また神は故意にサタンに人間を誘惑させたがっている。何故なら, ガブリエル等の一隊に単独で発見されても, 何故か見逃されてしまう等。要するにミルトンの神人同感同情説的 (anthropopathic) 側面を揶揄している。鋭い感受性と観察でミルトンのマナーの悪さ, 神についての矛盾を述べ, 批判したかと思うと弁護もしている。が, 天における神の支配を全体主義国家と決めつけ, スターリンに比しているのは痛烈である。'Heaven' *Milton's God* (Cambridge *et al.*, 1961, rev. ed. 1981) ch. 3, pp. 91-146. スターリンは, p. 146。他に J. B. Broadbent, *Some Graver Subject* (London, 1960), pp. 144ff。Northrop Frye, *Five Essays on Milton's Epics* (London, 1965), pp. 104-105, Helen Gardner, *A Reading of Paradise Lost* (Oxford, 1965), p. 55, 斎藤勇『ミルトン』(研究社, 1933年) 88頁等参照。

I

2) 至福直観という言葉は, 『新英和大辞典』第5版 (研究社, 1980年) の 'beatific vision' の項による。それによると, 「天使及び聖人が天国において天主を見ること」とある。cf. 'vision beatific' *PL* I, *l.* 684.

3) C. A. Patrides, *Milton and the Christain Tradition* (Oxford, 1966), p. 9f.

4) "... theological accommodation,...is the mediated vocabulary through which human beings, because of their "imperfect comprehension," can be said to "know" the transcendent God." Kathleen M. Swaim, "The Mimesis of Accommodation in Book 3 of *Paradise Lost*," *Philological Quarterly* 63 (1984), pp. 462-463.

5) "... what surmounts the reach Of human sense, I shall delineate so, By likening spiritual to corporal forms," *Paradise Lost*, ed. A. Fowler. (London, 1968, 2nd. 1998), V, 571-573. 以後 *PL* とし、テキストの引用は、断りのない限り皆これによる。

6) "... to know God as he really is, far transcends the powers of man's thoughts, much more of his perception. Our safest way is to form in our minds such a conception of God, as shall correspond with his own delineation and representation of himself in the sacred writings.... we ought to entertain such a conception of him, as he, in condescending to accommodate himself to our capacities, has shewn that he desires we should conceive." *John Milton : Complete Poems and Major Prose*, ed. Merrit Y. Hughes (New York, 1957), p. 905. 以後 Hughes とする。

7) Michael Lieb, *Poetics of the Holy* (Chapel Hill, 1981), pp. 205-206.

8) サタンを一義的に創造したのでは勿論ない。この点に関しては詩文中にも、高位にあった Lucifer が、自らの自由な意志に基づいて落ちたという物語が別にある。詳細は、拙著『ミルトン研究ノート』第4章（弓書房、1979年）参照。但し、サタンをもまた、それ自体として、結局は、神の高き意志が用い給うという意図も詩文中に記されている（Ⅰ, 210-220）。
cf. D. R. Danielson, "Appendix : The Unfortunate fall of Satan," *Milton's Good God : A Study in Literary Theodicy* (Cambridge et ali., 1982), 230-233.

9) "... as from a flaming mount, whose top Brightness had made invisible," V, 598-599.
cf. "God from the mount of Sinai, whose grey top
Shall tremble, he descending, will himself,

　　　　In thunder lightning and loud trumpets' sound
　　　　Ordain them laws ;" XII, 227-229.
10)　"the unsleeping eyes of God" V, 647.
　　　cf. "... the eternal eye, whose sight discerns
　　　Abstrusest thoughts," V, 711-712.
　　　"... what can scape the eye
　　　Of God all-seeing,..." X, 5-6.
11)　神の声 (voice) という言葉そのものも各所に出てくる。IV, 467, VI, 27, X, 97, 116, 119, 615, XI, 321, またVIII巻のAdamと神の対話 (398ff.) X巻の告発の場面 (92-228) もすぐれて anthropomorphic である。
12)　A. 耳，"So smooths her charming tones, that God's own ear Listens delighted." V, 626-627.
　　　cf. his ear X, 1060, thine ear XI, 30, his ear XI, 152.
　　　B. 足音，"... the voice of God they heard
　　　Now walking in the garden,..." X, 97-98.
　　　"...of his steps the track divine." XI, 354.
13)　A. ふところ，"Into his blissful bosom reassumed..." X, 225.
　　　cf. embosomed V, 597, my bosom III, 169, 279, Thy bosom III, 239.
　　　B. 御手，His red right hand..." II, 174. "... the great first mover's hand..." VII, 500. cf. the hand IV, 365, His hand X, 772.
14)　"Father, to see thy face,..." III, 262, his face Express,... XI, 353-354. cf. the face of God IX, 1080-1081, X, 723-724.
15)　怒り，A) wrath, I, 110, 220, II, 734, III, 264, IV, 912, V, 890, X, 95, 340, 795, 797, 834　B) a) anger, II, 90, 158, 211, III, 237, XI, 878, b) angry, I, 169, X, 1095, XI, 330　C) ire, II, 95, 155, VI, 843, IX, 692, X, 936　D) rage I, 95, II, 144　E) a) incense II, 94, IX, 692, XII, 338, b) incensed III, 187, V, 847
　　　笑い，A) smile III, 257, V, 718, B) a) laugh II, 731, V, 737, b) laughter VIII, 78, VII, 59, C) a) deride II, 191, b) derision V, 736, XII, 52.

III

16) "The Christian Doctrine" ch. 2. Hughes, p. 905. cf. *PL* III, 194-197.
17) John S. Reist, Jr., "'Reason' as a Theological Apologetic Motif in Milton's *Paradise Lost*," *Canadian Journal of Theology* 16 (1970), 232-249, p. 234, p. 243.
18) John M. Steadman, "Heroic Virtue and the Divine Image in *Paradise Lost*." *The Journal of the Warburg and Courtauld Institutes* XXII (1959), 88-105. pp. 104-105. 尚，Ira Clark, "Milton and the Image of God," *JEGP* 68 (1969), 422-431. にも恩恵を被った。
19) "Art of Logic," BK. I. CH. XII. *Complete Prose Works of John Milton*, Vol. VIII. (New Haven and London, 1982), pp. 232-234. 以後 *Prose Works* とする。尚，'form' が 'image' と同じであるということは，"The Christian Doctrine" BK. I. CH. V, *Prose Works*, Vol. VI (1973), pp. 248-249 参照。
20) *Prose Works*, Vol. VI, p. 630.

ミルトンの理性再考
——『失楽園』を中心に——

序

　先に『神の御姿』（*visio Dei*）を考察したときに，未決問題として幾つかのことをかかげておいた。次なる問題は，ミルトンの神が同時代においてどういう位置を占めるのかという問題である[1]。これはあまりに大きな問題なので，一度に完全な解答を出すことはできない。そこでとりあえず，"理性"という key word を取り上げて，この問題に迫ってみたいと考えた。"理性"一つに限ってみても，ミルトンの生涯を通じてということでは手にあまるので，『失楽園』の範囲でということに限定させていただく。

I

　方法としては，『失楽園』の中で理性（reason or right reason）という言葉が出てくるところを読みながら，問題の整理をしたい。次いで，その問題に専ら言及している 2, 3 の学者の意見を取り上げながら，筆者の立場を明らかにしたいと考える。
　先ず 3 巻で神が御子に最初に語りかける言葉の中に出てくる。サタンが地獄の淵を越えてはるかに新世界にやってくるのを御覧になって，予め人間に起ることを予知する言葉が続く。神は人も天使も正しく造った。ただ神に従順であるのも，そむいて堕落するのも自由である。何故ならば試練に試されない自由意志では，必然に従ってしまっていて自発性がなく，従ってまた誉むるに価しないという前文の続きである。ミルトンの読者なら先に *Areopagitica*（1644）で一度聞いたことのある内容でもある[2]。

1) 意志と理性が（理性はまた選択であるが）用いられずに，空しく共に自由を奪われて，おとなしく，私［神］にではなく必然につかえるならそんな従順を受けても何の喜びもない。　　　　　　　　　　　　私訳，以下同じ。

> What pleasure I from such obedience paid,
> When will and reason (reason also is choice)
> Useless and vain, of freedom both despoiled,
> Made passive both, had served necessity,
> Not me.
>
> III, 107-111

「理性が選択である」ということについては，Verity の注のコメントが理解を助けてくれると思う。

進路を正しく選択するのが理性であり，実践するのが意志である。それがミルトンの意味のようだ。

> It is by reason that we choose the right course, by will that we take it. Such seems Milton's meaning.[3]

勿論これは，遠くアリストテレスの『ニコマコス倫理学』3巻2章のエコーでもある[4]。

以上は意志との対比，関わりにおいて理性が語られるわけだが続いて

2) だが知れ，たましいには理性を長(おさ)として諸々の下位の能力があるのを，その中でも想像力が次なる役目を果たす。不眠の五官が示す現象の中からそれは想像，幻影を生み出す。それらを理性が合わせたりほぐしたりして我らの認めたり拒んだりするもの。いわゆる知識とか，意見とかいうものを形づくる。

> But know that in the soul

>   Are many lesser faculties that serve
>   Reason as chief ; among these fancy next
>   Her office holds ; of all external things,
>   Which the five watchful senses represent,
>   She forms imaginations, airy shapes,
>   Which reason joining or disjoining, frames
>   All what we affirm or what deny, and call
>   Our knowledge or opinion ;
>
>   V, 100-108

　これは例の堕落の foreshadowing のようなサタンによる悪夢から覚めたイヴにアダムがさとす場面でのセリフである。我々は先に「意志」については知らされた。今また，アダムによって fancy（想像力）論が展開される。たましいの機能は他にまだあるもののようだが，今はまだ知らされない。とにかく理性が最上位にあることは確かであり，そして fancy が次位（next, V, 102）ということである。今日では心理学が受け持つであろう夢そのものが起る原因についてのアダムによる説明が続くが，理性とは離れるので次の引用に移る。

3）　ああ，アダムよ。唯一全能なる神がおわしその神から万物が造られ，また全ては全き善に創られたが故，もし善より堕落せざれば，神のところに昇り帰る。全ては同一原質よりなり，無機物であれ生物であれさまざまな形，度合に造られる。だが生物は段々に洗練され，より霊を帯び純粋になり，神に近づくにつれて，個々の活動領域に定められついに体はそれぞれの種に応じた領域で霊に到らんと努める。
そのように根から緑の茎が軽やかにはえ茎から葉が更に軽やかに出で，
ついに美しい究極の花が香気を放つ。
花そして果実，それらは人の滋養物だが，段々に階を昇って生物的，動物的，知的状態に到り，生命，感覚，想像力，悟性を与う。そういうところにたましいは理性を授く。且つ推理的であれ，直観的であれ，理性がその本質なり。

そなたのものはしばしば推論。我らのものは，勝れて直観なり。程度の差こそあれ本性は同じ。

O Adam, one almighty is, from whom
All things proceed, and up to him return,
If not depraved from good, created all
Such to perfection, one first matter all,
Indued with various forms, various degrees
Of substance, and in things that live, of life;
But more refined, more spirituous, and pure,
As nearer to him placed or nearer tending
Each in their several active spheres assigned,
Till body up to spirit work, in bounds
Proportioned to each kind. So from the root
Springs lighter the green stalk, from thence the leaves
More airy, last the bright consummate flower
Spirits odorous breathes: flowers and their fruit
Man's nourishment, by gradual scale sublimed
To vital spirits aspire, to animal,
To intellectual, give both life and sense,
Fancy and understanding, whence the soul
Reason receives, and reason is her being,
Discursive, or intuitive; discourse
Is oftest yours, the latter most is ours,
Differing but in degree, of kind the same.

V, 469-490

ようやく我々は核心に近づいたように思う。ここには，ミルトンのさまざまな側面が躍如としている。プラトン的な流出と回帰の考え方，「無から」(*ex nihiro*) でなく，原物質つまりは「神から」(*de deo*) の創造，いわゆ

る存在の階梯 (chain of being: *scala naturae*)，先のたましいの構造もほぼ解答を与えられている。生気あるたましいの構造は，1) vegetable being (vital spirits, *l*. 484), 2) sensitive being (animal〔spirit〕*l*. 484), 3) intellectual being (intellectual *l*. 485), 4) rational being (Reason, reason, *l*. 487) で，普通は3) と4) の順は逆である[5]。reason を4) としたのは，この詩文のコンテクストからは，これが dominant であり，全てを統括するというふうに読めるからである。またこれとは別にたましいの諸能力も明示される。生命 (life *l*. 485)，感覚 (sense *l*. 485)，想像力 (Fancy *l*. 486)，悟性 (understanding *l*. 486)。そしてこれを統括するのも理性 (reason, *l*. 487) なのである。しかも推論的理性が人に帰属し，直観的理性が天使のものだと語られる[6]。

4) おまえが侮られて出て来た敵どものところへ，一段と勝る栄えもて戻り，力ずくで打ちのめせ。何となれば敵どもは理性が法であることを拒み，正しき理性が法なることを当然の権利によって統べ治むるメシアが王であることを拒むのだから。

Back on thy foes more glorious to return
Than scorned thou didst depart, and to subdue
By force, who reason for their law refuse,
Right reason for their law, and for their king
Messiah, who by right of merit reigns.

VI, 39-43

これは，Abdiel が敢然と神の側に帰り戻り，神と覚しき「黄金の雲の中の声」(*ll*. 27-28) より語られるセリフの一部である。ここからは1) right reason は，法つまり自然法である。2) またパラレルに，right reason は，法であることと，メシアが王であることを並べていることから推して，right reason がメシアと対応関係にあることを暗示している。先ず1) の点については，Fowler 氏は「もともと right reason はストア派とスコラ学者

の *recta ratio* の翻訳だった」と注記している[7]。そこでストア派の理性についてウィリーの次のような説明を引こう。

> 上なる星しげき空と内なる道徳命令，この二つは厳密に合致する。二つは声を合わせて語る。けだし星を誤った道から守る法則は，また私たちのなかにあっては，理性の法則でもある。人間は小宇宙であり，大宇宙そのものの縮図である…（中略）…小宇宙にあっては，情念が内なる神である理性によって統治されねばならぬ。だから自然に従うことは，人間にとっては理性に従うことである。そして理性に従うことは，神に従うことであり，宇宙と調和することである[8]。

「自然に従うことは理性に従うことである」この部分は *PL* 6巻42行の Right reason for their law の立派な注となろう。従って，ミルトンもまたこのストア派の考え方を受け入れているようにみえる。但しキリスト教化したものであることは，次の第2点によって明らかになろう。第2の点，即ち right reason がメシアと対応している点については，Douglas Bush が正にこの箇所を引いて，

> キリストは…事実上正しき理性と同一視される。
>
> Christ is…virtually identified with right reason.[9]

としている。更に「ヨハネによる福音書」の冒頭で示される「言(ことば)」は，アレクサンドリアのフィロン (Philo c. 20 BC ～ c. AD 50) を経て遠くストア派のロゴス (*logos*) に，その概念を借りている言葉だといわれる[10]。そしてこの「言(ことば)」は英語では Word であり，*PL* 中に7箇所ほど使われる。これに対し，Lockwood の与える定義は，

> ロゴス，キリストのペルソナで表現される神の理性
>
> "the Logos, the Divine Reason as expressed in the personality of Christ."[11]

となっており，キリストが "Divine Reason" であるといわれる。

5) サタンの論法をば，私は嘘・偽りだと示してやった。真理の議論で勝ちし者は，武力にても勝つ。即ち，両方の戦で勝者なるもまた当然。理性が暴力と交戦するとき，その戦は，野蛮でかつ不名誉なことだけれども，理性が打ち勝つのがしごく正当なことだ。

> ...whose reason I have tried
> Unsound and false ; nor is it aught but just,
> That he who in debate of truth hath won,
> Should win in arms, in both disputes alike
> Victor ; though brutish that contest and foul,
> When reason hath to deal with force, yet so
> Most reason is that reason overcome.
>
> VI, 120-126

これはアブジエルが，サタンを見かけて，交戦する直前の独白の如き言葉である。reason が rhetoric よろしく 4 回反復される。内125行目と126行目の後の方が "理性" を意味する。ここで示される "理性" は，サタンが誤っているが故に当然勝利するはずの神側の善き理性ということである。つまり誤解を恐れず単純ないい方をすれば，「善は必ず悪に勝つ」という主旨の善の側を表わすのが，この場合の reason である。これは "ベーコン (Francis Bacon, 1561～1626) やまたデカルト (Rene Descartes, 1596～1650) やまた現代にみられる人間の論理的，分析的な技能"[12] としての理性とは，根本的に違っているのがわかる。ウェイトが "善悪を識別する能力"[12] に置かれていることがわかる。しかもこれはアブジエルの言葉なのだから天使としての理性 (intuitive) であることも申し添えておく。次にこれに対し，人のあるべき姿としての "理性" が語られる。

6）神聖な理性を与えられ，
　　真直ぐに立ち，静かな額を直く保ち
　　己を知りつつ他の全てを統(おさ)む
　　その直立より神との応答に則した雅量を持ち，
　　己が賜物のよってきたるところを知りて感謝し，
　　心・声・目を敬虔にそこへ向けて自分を長(おさ)とせし至高なる神をあがめる。

　　　　　　　　... but endued
　　　With sanctity of reason, might erect
　　　His stature, and upright with front serene
　　　Govern the rest, self-knowing, and from thence
　　　Magnanimous to correspond with heaven,
　　　But grateful to acknowledge whence his good
　　　Descends, thither with heart and voice and eyes
　　　Directed in devotion, to adore
　　　And worship God supreme, who made him chief
　　　　　　　　　　　　　　　　　　　　Ⅶ, 507-515

　ここは hexameral literature に属する部分で，6日目の人の創造へ向かう前の語り手による説明の一部である。他の動物と人間を区別するのは，形よりいえば直立か否かであり，たましいよりいえば，「聖なる理性」があるかないかである。このすぐあとに "Let us make now man in our image, man / In our similitude," (Ⅶ, 519-520) と続くところから考えて，「像(かたち)」と「似姿」はこの直立と理性の付与と深い関係にあることはまちがいない。これは *Areopagitica* の次のような記述からも明らかである。

　人を殺すものは理性ある被造物，[すなわち]神の像(かたち)を殺すのである。

　…who kill a man kills a reasonable creature, God's image.[13]

更に Hoopes も次のようにいう。

人の魂は、『聖なる理性』を与えられて、まさに創造主に人を似せているものなのである。

Man's soul, endowed with 'sanctity of reason,' is precisely what likens him to his Creator.[14]

理性の中心性は次の短い部分によっても確かめられる。

7） 愛は思いを潔くし、心を拡げ、理性にその座を占め、洞察力がある。

>   ...love refines
>   The thoughts, and heart enlarges, hath his seat
>   In reason, and is judicious,
>
>   VIII, 589-591

ここは人の愛は動物の欲情とは違う愛に基づいていることを説く。その違いの要となるのが、「理性に座を占める」ことなのである。

8） だが神は意志を自由にした
　　 それは理性に従うものは自由だからである。
　　 神は理性を正しく造られたが
　　 理性によく警戒するよう命じ給うた
　　 常に目を覚ましおれ、さもないと
　　 ある見目善きものに脅かされて
　　 理性が誤りて命じ
　　 神がはっきりと禁じ給うたことを
　　 意志に誤り指示することのないように

> But God left free the will, for what obeys
> Reason, is free, and reason he made right,
> But bid her well beware, and still erect,
> Lest by some fair appearing good surprised
> She dictate false, and misinform the will
> To do what God expressly hath forbid.
>
> IX, 351-356

　一言で要約すると「正しい理性に従うかぎり，意志は自由である」となろう。ここはイヴが一人になりたいと言い出したのに対し，アダムが警告する場面である。風前の灯であるが，まだ堕落前の理想の状態を語っている。先にはラファエル来訪時に，自由についてアダムが一度聞いた内容（V, 520-541）を要約して繰り返している。また始めに見た「理性は選択なり」の問題とも関わってこよう。この自由意志論は，ミルトンの dominant な関心事であり，「理性が選択だ」というとき，ほとんど同意語のように聞こえるのだけれども率直に言って"自由意志"の問題については，それだけでまた考察すべき大きなテーマなので，ここでは要約的に，またウィリーの言葉を借りて，専ら理性の問題へと戻りたい。

　最高の意味における自由とは（ミルトンの『アレオパジティカ』におけるように）悪を知り，かつ認知もしている人が，みずからすすんで善を選択する点に存している。それは自己の意志を神の意志に自然に従わせることであり，つまり万物の万古不易の法則と道理に服することを意味するのである[15]。

9) 残り［の果実］については，我々自身の律法に従って生きる。我らの理性が我らの律法なれば

> 　　　　　the rest, we live
> Law to our selves, our reason is our law.
>
> IX, 653-654

これは蛇に対する堕落直前のイヴの答えの中の言葉である。「理性が法なり」とは，4番目に見たテーマと同じである。先にはストアとの関連を確認したが，次のような聖句をみれば，パウロ主義ともみなし得る。

「すなわち，律法を持たない異邦人が自然のままで，律法の命じる事を行うなら，たとい律法を持たなくても，彼らにとっては，自分自身が律法なのである」
ローマ人への手紙2章14節
日本聖書協会訳，以下同。

　但し，ミルトンにおける人に宿る'理性'は，単にその個人（アダム〔イヴを含む〕）一人のものではない。その理性に反する行為は，被造物つまり自然のハーモニーをこわす[16]。先のストアの宇宙との調和の思想もさることながらまたしてもパウロの言葉をソースとしようが[17]。これは古いいわば"捨てられた世界観"ではあるが，逆にミルトンが，その同時代人も含めて，キリスト教伝統を踏襲しつつ，人間に対して与えた尊厳でもある。

10) というのは悟性が統治力を奪われ，意志はその命を聞こうとせず，両者は今や淫らな欲望に隷属し，下位にあるべきその欲望が，不当に主権を主張して，至高の理性にいや勝る支配を求めた。

> For understanding ruled not, and the will
> Heard not her lore, both in subjection now
> To sensual appetite, who from beneath
> Usurping over sovereign reason claimed
> Superior sway:

IX, 1127-1131

　これは堕落直後のアダムとイヴの有様を語り手が解説する言葉の一部である。①欲望 ②意志 ③悟性 ④理性の位階（ハイラーキー）の逆転が語られる。

11)　理性に基づく自由, だが更に知れ,
　　汝の原罪以来, 真の自由は失せた。
　　何故ならば, 真の自由は常に正しき理性と密接に結び,
　　理性と別には存在しない。
　　人の理性は曇り従われず,
　　直ちに節度を欠いた欲望と成り上りの感情が理性から統治を奪い,
　　その時まで自由な人間を感情の奴隷にする。
　　それ故, 人が自らの内に下等な力が自由な理性を支配するのを許すなら,
　　神は正しい裁断によって, 人を外部から暴君どもに服せしめる。

　　Rational liberty; yet know withal,
　　Since thy original lapse, true liberty
　　Is lost, which always with right reason dwells
　　Twinned, and from her hath no dividual being:
　　Reason in man obscured, or not obeyed,
　　Immediately inordinate desires
　　And upstart passions catch the government
　　From reason, and to servitude reduce
　　Man till then free.　Therefore since he permits
　　Within himself unworthy powers to reign
　　Over free reason, God in judgment just
　　Subjects him from without to violent lords;

XII, 82-93

　ここはバベルの塔の tyrannical hero をミカエルが語るその解説部分である。「自由意志が理性の真の姿」であるというところに, この部分の隠れた真のメッセージがあろう。自由に思うところをなして, 理性の規範を越えない。これがミルトンの思いえがく理想であり, 堕落後それが曇らされたとする。

最後は短いが，重要である。

12) 美徳から，そしてそれが理性なのだ。

From virtue, which is reason,

XII, 98

徳と理性を関連づけるのは，どうやらプラトンに起源があるらしい。

理性は英知，分別，堅忍による剛気，節制意欲により完全なものとなり，それら全部の調和ある働きが正義の本質である。

Reason is perfected by wisdom or prudence, the spirited element by fortitude, and the appetitive by temperance, while the harmonious operation of the whole is the essence of justice.[18]

これが中世，ルネッサンスを経てキリスト教化し，ミルトンにあっては聖書に基づく信仰の徳という様相を帯びる[19]。

以上 Paradise Lost 中の 'reason' という言葉に沿ってその意味するところを一通り辿った。それを要約するとおよそ次のようである。

I．理性は自由意志と表裏一体の関係にある。
  A　理性は選択である。
  B　理性が曇れば，自由意志は本来の正当な機能を果たし得ない。
II．理性は自然の位階に人を位置づけるもの。
  A　人を動物と区別するのは理性があるからである。
  B　理性は天使とこれを共有する。但し，人の理性は推論的であり，天使のそれは，直観的である。
III．理性は法である。人がそれによって善悪を選ぶ基準であり[20]，たましい

の統治者である。この法はいわゆる自然法であり，神によって人の心に植えつけられ[21]良心とも同一視される[22]。
IV. 理性は人を「神の像」たらしめるものである。
  A image of God は reason によって裏付けられる。
  B 従って理性が曇れば「神の像」も曇る[23]。
V. right reason は，詩文及びロゴス―Word の聖書に基づく論理からいっても，実質的にメシアことキリストである。

II

次に三つの若干異なるアプローチを紹介し，最後に筆者の立場を述べて結びとしたい。第一は何度か引用した Robert Hoopes の *Right Reason in the English Renaissance*[24]で，理性をルネッサンスの流れの中に位置づける。従って古代ストアから，スコラ哲学，15-17C の Christian humanists また宗教改革者たちとの異同が検証され，ミルトンにあっては，それらが融合し，特にルネッサンスと宗教改革と通常対立するものが，"equal status" を保証されているとする[25]。今一つは John S. Reist, Jr. の "'Reason' as a Theological-Apologetical Motif in Milton's *Paradise Lost*"[26]でミルトンを現代の Paul Tillich（1886～1965）らに代表される弁証神学の先駆者の一人として位置づける。要旨をまとめてみると次のようになる。

神を信じることが合理的なことなのであって唯一の理性にかなうことなのである。それが人間の徳であり，そのマニフェストがミルトンの叙事詩『失楽園』なのである。神に対して合理的な理性に従っている限り，意志は自由であり，宇宙も世界も神の合理的な意志を体現している。天と地は調和に満ち，カオスと地獄，そしてサタンは，不合理を体現している。アダムは堕落するがそれに続く神の告発の呪いの中には，理性の喪失は含まれない。この点はカルヴィン（John Calvin, 1509～64）とは対照的である。但したましいの構造理解はカルヴィンとそっくりである。ミルトンは叙事詩の最後にみられるように楽天的である。盲目になり，時代に挫折しても尚，神が英知で世界を支え続けることを確信している。これは，*imago dei* の理解の仕方の違

いによる。宗教改革者達は，image と likeness という似た言葉の反復はヘブル語の特長とみなし，多義的な解釈をするスコラ哲学と一線を画した。がミルトンは，皮肉にもこの点は中世教父（Justin Martyr, c. 100～c. 165と Irenaeus, c. 130～c. 200）の解釈に従ったようだ。堕落後 *demuth*（＝likeness）の方は喪失するが，*tzelem*（＝image）の方は残る。これは神が思うことを人が理解する内的能力を意味する[27]。

第三は新井明氏の説で，先の Hoopes の著作から引用して，賛意を示しながら，Woodhouse が上記の Hoopes の著について review で「Hoopes はミルトンの過激なピューリタニズムと合理主義による諸々の緊張を無視している」[28]といっているところを，丁度補うようなテーゼを提出している。その著『ミルトンの世界』の中で，一つは，第四章「楽園脱出の原理—離婚論争」で，遠く「楽園の喪失」を叙事詩として構想するいわれを問い，一連の離婚論，わけても『四絃琴』に至って，第二自然法（堕落後尚残れる理性が聖霊の恵みによって回復するという考え方）への自覚に目覚め，楽園脱出の原理とするに到ると説く[29]。善を目指す道徳的一元論に立つ「追放」でなく「脱出」のテーマが1644年前後の離婚論争期に準備され，悲劇でなく叙事詩として書く基盤がこの頃定まったとする。更に第八章アダムと救済史—『楽園の喪失』において，

『正しき理性』を契約との関係においてとらえ，神との契約にはいったものには『正しき理性』において姿をあらわすという理解はミルトン独特の思考に属するものではないかと思う[30]。

と述べる。以上，1）Hoopes の滔々たるルネッサンス・ユマニストの伝統及び宗教改革の中に equal status を保証されるとする「理性」論，2）現代の弁証神学の先駆者として位置づける「理性」論。3) Hoopes の看過した緊張せるピューリタニズムの中に，特にその契約思想の中に位置づけた「理性」論を辿った。

最後に上の諸説を踏まえつつ，私見を述べたい。筆者の関心の所在は，カルヴィニズムとの距離ということである。このこと自体，相当大きなモチー

フで，はじめにこと「理性」に関する限りと限定させていただかざるを得ない。先ず，生涯のいつ頃カルヴィニズムと訣別していくのかといった大きな背景については，上述の新井氏が，同書の中で見事に解明してくれている。確かに長老派主導のウェストミンスター宗教会議に『離婚の教理と規律』の再版の序で批判を書いたのだから，その意味でのカルヴィニズムから離れていったことは事実である[31]。そしてその内実とするところは長老派の集団主義に対して，ミルトンの個人主義的傾向の強さにあったこともその通りだと思われる。

が問題は，上で最初に辿った『失楽園』の理性理解が，カルヴィニズムならぬ，カルヴィンその人の考え方と照らしてどうなのかということである。J. S. Reist, Jr. も指摘しているように，たましいの構造理解は，先のミルトンの構造とよく似ている。これをカルヴィンのいわば「神学大全」ともいわれる『キリスト教綱要』によって確かめてみたい[32]。

人間の最初の状態はこれらの卓越した賜物によって，きわ立ったものであり，『理性』，『知性』，『思慮』，『判断』は，地上の生を支配するに足るものであった……その次に『選択』がつけ加えられ，これが『意欲』を統制し，すべての器官の動きを調整するのであった。こうして，『意志』は『理性』の指導に全く合致するのであった[33]。

傍点：筆者，以下同。

わたしはまず『五感』があることを認める。…次に『空想力』が来る。これが共通感覚によってとらえられたものを識別する。その次に『理性』，これのおかげで，普遍的な判断力がある。最後に『精神』（*mens*）が来る。これは理性があちらこちらと考えるのを常とするものを，固定した平静な直観を持って直視する[34]。

われわれの固有の本性は『理性』にある。これがわれわれとけものを区別する。それはちょうど，感覚がたましいのない物体と生き物とを区別しているごとくである[35]。

よくいわれる完全堕落も「理性」については次の如くである。

『理性』は——これによって人は善・悪を見わけ，理解し，判断するのであるが，——自然的な賜物であって，そのため，完全には消しさられてはいない。しかし部分的に弱り，部分的に破壊されているので，そこなわれた形でしか残っていないのである[36]。

われわれの精神のうちにある理性は，どちらに向かおうとも，悲惨にも虚無の中におちいるのが見られる[37]。

以上からわかるように，一方的にミルトンは「理性」が一部残る（cf. PL XI, 508-510）といい[38]，一般にカルヴィニズムは完全堕落を説く[39]から，両者はなじまないとされるが，上に見た如くカルヴィン自身「完全に消しさられてはいない」（引用36）を参照）といい，ミルトン自身も，一部残るからといって「あまりにも弱くとるに足らないものなので，とても自慢できるものではない」[40]といっている。

こういうところから勘案して，1644年後数年一時期の長老派のカルヴィニズムはともかく，カルヴィンその人の著述と比べると「理性」に関する限り，相当類似点が見られる。ただ確かにカルヴィンの堕落後の理性は「悲惨で虚無に陥っている」というのに比べると，ミルトンの否定の仕方は多少控え目だといえるのかもしれない。決して J. S. Reist, Jr. のいうように，理性が堕落後の神の告発から排除されているからといって，神ののろいの対象からはずされているとは思わない。理性と同義語の「神の像」が PL XI, 507-525で，ほぼ完膚無きまでに変形せしめられているからである。理性に力点を置くことが，Christian humanists の系譜に確かに連なるとは思うが，Hoopes の "equal status" よりは，宗教改革者よりに傾斜していると思う。Hoopes 自身はカルヴィンに関しては，「部分的に（理性の効用を）認める言説もあるが，結局は完全堕落である」[41]という。その意味では，筆者はピューリタニズムの契約思想のうちに位置づける新井説に賛成なのだが，理性に関する限り，「独特」というよりは，むしろカルヴィンその人の強い影響

下にあると思う。つまり比較的若い時の長老派カルヴィニズムとの離反が，そのまま円熟して『楽園喪失』に独特に結実したというよりは，若き性急さから熟年の落着いた（本来のカルヴィニズムをそう呼んでよければ）orthodoxy への回帰があったのではないか，そしてその example が「理性」の一事についても見られるのではないかと思う。

従って筆者の結論は，'理性' に関するかぎり，堕落後の理解の仕方について，カルヴィンの方がペシミスティックだとは思うが，'理性' そのものの考え方にはむしろ相当の類似点がみられるということである。理性に関するかぎり，もしカルヴィンその人の見解を，カルヴィニズムといってよければ，『失楽園』においては，全面的に一致しているわけではないが，むしろ本来のカルヴィニズムの強い影響下にあるといえると思う。

最後にこれは筆者の独見でないということを示す意味で，この見地に近い学者が他にもいるということも申し添えておきたい[42]。

注
序

1) 拙論「神の御姿—『失楽園』の至福直観について—」『獨協大学英語研究』第33号（1989年2月）15-35頁（特にエピローグ），及び「ミルトンの光—『失楽園』3巻 proem における—」同第35号（1990年2月）167-180頁参照。尚本稿は日本ミルトン・センター第32回談話会（1992年7月11日，同志社女子大学）にて口頭発表したものに基づいて，それを加筆修正して文章化したものである。

I

2) "…when God gave him reason, he gave him freedom to choose, for reason is but choosing ; he had been else a mere artificial Adam,…" *John Milton : Prose Selections*, ed. M. Y. Hughes (New York : The Odyssey Press, 1947), p. 234. 以後 *Prose*, Hughes とする。

3) Milton, John. *Milton : Paradise Lost III & IV*, ed. A. W. Verity (Cambridge : At the Univ. Press, 1953), p. 66. カルヴィンの引用(34)を参照。

4) アリストテレス『ニコマコス倫理学』アリストテレス全集13　加藤信朗訳

(岩波書店, 1973年) 第3巻2章 (70-73頁) 参照。
5) C. S. Lewis, *The Discarded Image* (Cambridge U. P., 1967), pp. 152ff. esp. 156頁以下。更に "Plants, beasts, men, and angels had souls respectively vegetative, sensitive, rational, and intellectual." *Paradise Lost BKs. I, II*, ed. E. M. W. Tillyard and P. B. Tillyard, (Harrap, 1963) p. 170. See also Isabel Rivers, *Classical and Christian Ideas in English Renaissance Poetry* (London, 1973), p. 74.
6) Verity の定義がわかり易いので記す。
a. intuitive「論理の過程を経ず、直接事を見、真理を理解する機能」
b. discursive「論理の過程を経て事を理解するより低い機能」A. W. Verity, *Milton Paradise Lost V, VI* (Cambridge, 1910), p. 80.
7) Fowler, p. 341n.
8) ウィリー, バジル『イギリス精神の源流』樋口欣三　他　訳 (創元社, 1981年) 69頁。以後『源流』とする。更に次書も参照：バーカー, アーネスト『近代自然法をめぐる二つの概念』田中浩　他　訳 (御茶の水書房, 1991年) 52-53頁。
9) Douglas Bush, *Paradise Lost in Our Time* (Gloucester, Mass.: Peter Smith, 1957), p. 45.
10) G. A. Buttrick, ed. *The Interpreter's Dictionary of the Bible*. vol. 4. (New York, 1962), p. 870f.
11) Laura E. Lockwood, *Lexicon to the English Poetical Works of John Milton* (New York: Burt Franklin, 1968), p. 645.
12) "If reason is thought of as 'pure' intelligence (in the Baconian, Cartesian, or mordern sense), 'right' reason can mean only the refinement of man's logical and analytical skills. When Milton talks about right reason, he is thinking of a faculty in man which distinguishes between good and evil …."
Robert Hoopes, *Right Reason in the English Renaissance* (Cambridge, Mass.: Harvard Univ. Press, 1962), p. 191. 以後 Hoopes とする。
13) *Prose*, Hughes, pp. 206-207.

14) Hoopes, p. 189.
15) 『源流』198頁。
16) 以下を参照。
　　Forth reaching to the fruit, she plucked, she ate :
　　Earth felt the wound,

　　　　　　　　　　　　　　　　　　　　　　　　IX, 781-782

　　Earth trembled from her entrails, as again
　　In pangs, and nature gave a second groan,

　　　　　　　　　　　　　　　　　　　　　　　　IX, 1000-1001

17) 「実に被造物全体が，今に至るまで，共にうめき共に産みの苦しみを続けていることをわたしたちは知っている」（ローマ人への手紙8章22節）日本聖書協会訳。訳は皆これによる。
18) William B. Hunter, ed. *A Milton Encyclopedia*. vol. 8. (Lewisburg, 1980), p. 142 "virtues" の項より。
19) "Milton states... that man is not saved through his own efforts alone but by the infused virtue of faith" *ibid*., p. 143「ミルトンは…人は自身の努力のみによるのでなく，信仰の徳によって救われるという」
20) cf. "that right reason which enabled man to discern the chief good." *De doctrina, The Works of John Milton* (Columbia Univ. Press, 1933) vol. XV, p. 207. 以後 *C. Ed.* とする。
21) cf. "The gift of reason has been implanted in all, by which they may of themselves resist bad desires," *C. Ed.* XIV, p. 131.
22) cf. "the existence of God is further proved by that feeling, whether we term it conscience, or right reason." *C. Ed.* XIV, p. 29.
23) cf.*PL* XI, 507-525.

　　　　　　　　　　　　　　　　II

24) 注13) を参照。
25) cf. "Milton stands as the last great literary voice of the concept of right reason, indeed of rational and ethical Christianity itself——a voice in which the voices of classical Antiquity, the middle Ages, and the Renais-

sance have merged into one." Hoopes, pp. 199-200.
"The movement of Renaissance and Reformation idealism, usually regarded as antithetical, are in the historical movement of his thought and art assured equal status." *ibid*., p. 200.

26) John S. Reist, Jr. "'Reason' as a Theological-Apologetic Motif in Milton's *Paradise Lost,*" *Canadian Journal of Theology* XVI (1970), 232-249.
27) 但し，Broadbent 氏によれば，この天地創造の言葉（VII, 519-523）は，聖書とほとんど同じでそれ故に，この両者（image と similitude）の意味を区別することをミルトンは避けているとする。Broadbent, J. B. *Some Graver Subject* (London, 1967), p. 198.
28) A. S. P. Woodhouse, *Modern Language Review*, LIX (1964), 102-103.
29) 新井明『ミルトンの世界』（研究社，1980年）114頁。
30) 同，230頁。
31) 最近の歴史神学の成果によると，ウェストミンスター宗教会議のカルヴィニズムとカルヴィン本来の考え方とには本質的な相違のあることが明らかにされた。R. T. Kendall, *Calvin and English Calvinism* (O. U. P., 1979), "Westminster theology, then, represents a substantial departure from the thought of John Calvin."「だからウェストミンスター神学はジョン・カルヴィンの思想からの本質的な離脱を表している」p. 212.
32) カルヴィン『キリスト教綱要』渡辺信夫 訳 全4巻（新教出版社，1962-1965年）以後『綱要』とする。『綱要』の引用は全てこれによる。更に次の2著も随時参照した。
Calvin. *Institutes of the Christian Religion* 2 vols. The Library of Christian Classics vols. XX, XXI. (Philadelphia : The Westminster Press, 1960)
Joannis Calvini. *Opera Selecta*. III-V, 1957.
33) 『綱要』I, 15, 8, 226-227頁。
34) 同 I , 15, 6, 224頁。
35) 同 II, 2, 17, 52頁。
36) 同 II, 2, 12, 47頁。

37) 同Ⅱ, 2, 25, 63頁。「理性」という言葉は使ってないが，完全堕落を示唆する言葉は，Ⅰ, i, 8, 9, 24-26頁に見られる。また「理性」とほぼ同義語の「神の像」についてもほぼ同様のことが語られる。1)「残っているが醜悪になっている」Ⅰ, 15, 4, 219頁。2)「初めは完全さの表現である」Ⅰ, 15, 3, 219頁。

38) cf. "…it cannot be denied that some traces of the divine image still remain us," *Prose Works* vol. Ⅵ, p. 396.
「神の像」についての言及だが，理性の付与が「神の像」たらしめているところから推して傍証となろう。

39) 『ウェストミンスター信仰告白』(*Westminster Confession,* 1648) (新教出版社，1964年) 38頁参照。

40) "But it is so weak and of such little moment, that it only takes away any excuse we might have for doing nothing, and does not give us the slightest reason for being proud of ourselves : " *Prose Works*, p. 396.

41) Hoopes, pp. 110-111.

42) ① "We can see but one conclusion, therefore, regarding the *De Doctrina, Paradise Lost, Paradise Regained*, and *Samson Agonistes* : namely, that they fit in with the development toward a more thoroughgoing Calvinism, which we observed in Milton's life and other writings. These works seem to show beyond the least shadow of doubt that the mature Milton was a staunch Calvinist." Joseph Moody McDill, *Milton and Pattern of Calvinism* (Nashville : The Folcroft Press, 1942), p. 372.
「そこで，『教義論』，『失楽園』，『復楽園』，『闘技士サムソン』に関して，つまりそれらがより入念なカルヴィニズムへの発展と一致するという結論をただみることができる。そしてそれを我々はミルトンの生涯と他の著作に見た。これらの作品は熟年のミルトンがゆるぎないカルヴィニストだったということをいささかも疑う余地のないことを示しているように思われる」
② 次は，後年の『失楽園』の「神の像」が，カルヴィンの考え方に一致することを示す。

"It [concupiscence] being from Adam's having departed from the fountain of righteousness, by which departure he has immersed in darkness the natural light of his reason, and fettered his will. This degeneration of all man's powers is what is meant by the loss of the divine image originally natural to man…I think it may be remarked that the loss of this "image" seems to be for Calvin—as for Milton, later in *Paradise Lost* —a more central concern than man's loss of Good." Roy W. Battenhouse, "The Doctine of Man in Calvin and Renaissance Platonism,"

Journal of the History of Ideas IX (1948), pp. 456-457.

ミルトンの自由意志再考
――『失楽園』を中心に――

序

　先に理性の問題を考察したときに，これは自由意志の問題と密接不可分の関係にあることを思い知らされた。本来なら同時に扱うべきだったかとも思うが，ここに改めて理性の問題を補完し発展させる意味で自由意志の問題について考えてみたい。方法は従ってほぼ同様にすることにした。即ち『失楽園』の中で自由意志（free will cf. free, freedom, liberty）という語の出てくる箇所を吟味しまとめ，この問題を専ら扱っている学者の見解を調べ，終わりに筆者の見解を述べたい。

　しかしその前に，世俗化した今日から見ていささか厄介ではあってもその前史ともいうべき事柄を少し承知しておく必要があろう。厄介と言ったのは，ことが神学上の問題に立ち入るからである。先ず第一の原点はペラギウス（Pelagius, 360～420）主義で「要点は人間はアダムの罪でそこなわれたものではなく，善にも悪にも傾向をもたぬ者として生まれるのである。従ってその意志いかんで善をも悪をもなしうる。罪というものは先天的にあらず人間が意志する時生ずる。さらに意志すれば，人間は神の命ずるすべてをなしうる」[1]というものである。後にこの亜流もしばしば復活しアウグスティヌス（Aurelius Augustinus, 354～430）の反論を招いた。アウグスティヌスによれば，「アダムの犯した原罪のために，人間は善をなす自由ではなく，悪をなす自由をもつのみであって，われわれはただ神の恩寵によってのみ救われる（信仰さえも神の恩寵であり，何人が救われるかは永遠に予定されている）と説く」[2]この点に関してはミルトンはアウグスティヌスの影響下にあるとする説がある[3]。第二段階はエラスムス（Desiderius Erasmus, 1466～1536）の評論『自由意志』（*De Libero Arbitrio*, 1524）対ルター

(Martin Luther, 1483～1546) の『奴隷的意志』(*De Servo Arbitrio*, 1525) である。これはエラスムスの「『自由意志』論が，原罪について否定的なペラギウス主義であり，(中略) 彼 (ルター，私注) は，人間の意志は不自由であり，奴隷的意志をもつにすぎないが，神は全知全能であるとし，人間の行為は神の思慮と大能に従って行為する」[4]と断定した。このルターの立場は優れて逆説的であり，「神にのみ拘束される」ということは，逆に神以外のものには拘束されないという〈福音的自由〉を語っているとされる。ここでのミルトンの立場は微妙であり，一説にルターの〈福音的自由〉を〈市民的自由〉に外化したとされる[5]。第三段階は，カルヴィン主義対アルミニウス (Jacobus Arminius, 1560～1609) 主義である。カルヴィンは「神はある者は救い，ある者を滅びにさだめたとなす二重予定説」を唱えたが，アルミニウスは「神の救いは特定の一部の人間にむけられるのではなく，全人類にむけられ，これを拒むのは人間の自由意志による」[6]とする。ここでは，ミルトンの立場を後者とするのが，Woodhouse 以来からの定説である[7]。但し微視的な意味でカルヴィン派からレモンストラント (アルミニウス派) がペラギウス的であるとして追放された背景のあることは承知しておいてよい。そしてこれ等三つの段階が大きな意味でミルトン以前の歴史的背景の一応の図式である。

I

1) Fixed fate, *free will*, foreknowledge absolute,

II, 560

イタリック：筆者，以下同。

　堕落天使たちが，地獄の伏魔殿にて会議を終り，サタン一人新世界探訪をして来る間他の者たちは，ゲーム・探検その他諸々の余興に打ち興ずる。それらの内に「宿命や自由意志や絶対的予知」について瞑想する者もいて，結局は迷宮に陥ってしまったという件(くだり)である。詩人自身，悪魔の手下どもが瞑想して迷路に踏み込みかねない危ないテーマの一つだということを知ってい

ることを示している。我々もこの点十分わきまえておかねばなるまい。

2) I made him just and right,
    Sufficient to have stood, though *free* to fall.

    III, 98-99

    Freely they stood who stood, and fell who fell.
    Not *free*, what proof could they have given sincere
    Of true allegiance, constant faith or love?

    III, 102-104 (*cf*. 107-111)

　第3巻の天上の場面で，神がはるかに見はるかし，サタンがカオスを飛翔し来る様を見て，御子に語りかける最初の言葉の中に出てくる。天使も人間も神が正しく造った。堕落するもしないも全く天使や人それぞれに自由と責任があり，それは神の予知とは矛盾しないという主旨。(なお予知との詳しい関係についてはIII, 111-123参照)

　序に記した通り，自由意志の問題には，複雑な前史がある。またこれが人の救いの問題と関わり，従ってまた神の恵み (grace) の問題と不可分に関わる。そのような見地から次の件もまた吟味されねばならない。

3) Man shall not quite be lost, but saved who *will*,
    Yet not of will in him, but *grace* in me
    Freely vouchsafed ;

    III, 173-175

　「求める者は救われる」(*l*. 173) では，明らかに人の意志が大事だといっているようにみえる。ところが「人の内なる意志によるのでなく神の恩寵によるのだ」(*l*. 174) では，これが否定されているようにみえる。しかし両者を並べているところに曖昧さがあろう。平井氏が微妙というのはこのあたりであろう[8]。しかし平井氏は前者つまり「求める者は救われる」にやや力点

—47—

を置いた解釈をしていると思われる。しかしこの箇所にはいささかもペラギウス的な逸脱があるとは思われない。アウグスティヌスの「恩恵と自由意志」の主旨によく合致していると思われるからである。

「恩恵か自由意志かの二者択一は排斥され恩恵の絶対性に立って自由意志が罪の奴隷状態から解放され，真の自由を獲得し，恩恵の共働により善いわざに励むべきことが論ぜられている」[9]

これが後のⅪ巻3行目に出てくる 'Prevenient grace'「先行的恩寵」のまさに意味するところであろう。

4) Hadst thou the same *free will* and power to stand?
   Thou hadst:

   Ⅳ, 66-67

   Nay cursed be thou; since against his thy will
   Chose *freely* what it now so justly rues.

   Ⅳ, 71-72

これらは2)の神の言葉に対応する天使（サタン）の側からの追認ともいうべき箇所である。サタンは時々嘘言もつくが，Ⅳ巻のこの箇所では己に対し正直な真情を吐露している。

5) Patron of *liberty*

   Ⅳ, 958

これはガブリエルがサタンをこう呼んだのである。このことの中には自由の両義性がみてとれる。自由を標榜すればよく聞こえるという面と，自由には何かデモーニッシュなものが含まれているという面と。後者の具体的中味は後に触れる。

6) Happiness in his power left *free to will*,
   Left to his own *free will*, his will though free,
   Yet mutable ;

   V, 235-237

　神がラファエルを召し，楽園の人間に予め警告するように命ずる。その中の言葉である。よくいえば神の慈愛の言葉ともとれようし，また悪くいえば人間堕落への弁明ともとれる。予知というドグマを神とか具体的な天使とかのキャラクターを登場させて，ドラマ化して語ることに現代の読者は相当な違和感を覚えよう。そしてそれが「堕落するなと警告したぞ」という神側の弁解ともとれようから。

7) He left it in thy power, ordained thy *will*
   By nature *free*, not over-ruled by fate
   Inextricable, or strict necessity ;
   Our voluntary service he requires,
   Not our necessitated, such with him
   Finds no acceptance, nor can find, for how
   Can hearts, not *free*, be tried whether they serve
   Willing or no, who will but what they must
   By destiny, and can no other choose ?

   V, 526-534

　前項6）を受けてラファエルが敷衍してアダムに語り聞かせる場面である。「自発的な奉仕をのみ神は嘉し給う」という主旨。一見実にわかり易いテーマである[10]。
　しかしここにも3）でみた複雑な背景のあることは思い起しておかざるを得まい。人の自発の背後に神の恩寵が'先行して'あるという例の命題である。

8) Will ye submit your necks, and choose to bend
   The supple knee ? Ye will not, if I trust
   To know ye right, or if ye know your selves
   Natives and sons of heaven possessed before
   By none, and if not equal all, yet *free*,
   Equally *free*; for orders and degrees
   Jar not with *liberty*, but well consist.

   V, 787-793

　これはルーシファー（サタンの別名）が謀った3分の1の天使達に演説をする場面であって，先の5）で暗示した'liberty'のデモーニッシュなものに内容を与える箇所である。「自由においては誰とも平等」神も御子も天使も序列も関係なしという論法である。

Unjust thou say'st
Flatly unjust, to bind with laws the *free*,
And equal over equals to let reign,
One over all with unsucceeded power.
Shalt thou give law to God, shalt thou dispute
With him the points of *liberty*,

V, 818-823

　ここはアブジエルが上のルーシファーの論法を詰問する箇所である。これは17世紀当時「王といえども民より委託された権限の代行者に過ぎず，王に暴政あらば民は王を打倒することを正当化できる」という考え方が流布しており，その基礎を与えたのが自然法（the law of Nature）なのであった。これが自然権へと発展し，民主主義の人権思想の根本ともなった[11]。ここではサタンが当時の世俗の論法を踏まえ，詩中の王なる神の矛盾を撞いて（反逆）天使らを説得しようとしたのである。しかしこのサタン像に，漠たる印

象でミルトン自身の中期の政治思想を重ね合わせるのは短絡に過ぎない。サタンと違ってミルトンは従順と規律の価値を認めているからである。平井氏も同じコンテクトの少し先の方で，次のように注を付している。

　サタンはその『自由』論乃至反抗権の理論的根拠を，神の法から切り離した意味で自然の法に求めている。アブデルは真の自由は，神の法とその神の法から区別されるにせよ切り離すことのできない自然の法との合致の上にその根拠をもつといっている。サタンは神（創造者）と天使（被創造者）という階層性(ハイエラーキー)を否定するところに『自由』があるとし，アブデルはその階層性を肯定するところに自由があるとしている[12]。

他にサタン側を自由と結びつける箇所には，VI, 164, 420がある。

9）　...my goodness, which is *free*
　　To act or not, necessity and chance
　　Approach not me, and what I *will* is fate.
　　　　　　　　　　　　　　　　　　　　　VII, 171-173

　これは天地創造を行い給う神が御子なる「言(ことば)」に語る言葉の一部である。自由意志という観点からここを引くのは，『失楽園』の神は語る神であり，神自らが「自由」を口にする箇所であるからである。但しこの箇所は，当然のことながら（神に関することだから）難解で，古来異端視されたりもしたが今ではそれなりに認知されている[13]。

　さて，「善を為すも為さぬも自由」(*ll*. 171-172) とは一体どういうことか。もとよりこれは，神義論（theodicy）に属する事柄であるが，筆者は文学研究の思想背景としてこれを考える者に過ぎないのだということを断った上で，推測することが許されるなら，「善を為さぬ」とは「悪を為す」ということではあるまい。ただ「善を為さぬ」ときに悪が巾をきかせることに関知しないという消極的な意味に解せぬであろうか。もしそうだとすると，世に「悪」の存在することの弁明になるのかもしれないと思う。悪の存在理由

については，古来人間が思い悩んできた古いテーマではある。「この世に神があるなら，何故悪が存在するのか，またもっと積極的に悪が栄えるのか」という問いのことである。

10) Expressing well the spirit within thee *free*,
    My image, not imparted to the brute,

$\hspace{20em}$ VIII, 440-441

これは神が天地創造をし，6日目に人を造り，そのアダムに神が直接語りかけるセリフの一部である。神の像(かたち)は理性をその根拠とし，理性は選択であり，堕落前には真の自由意志を体現しているのだが，堕落後これが曇らされたというのは既に一度述べたところである[14]。その観点よりみれば，ここは神の像なるアダムに自由な精神が宿っているが，動物にはそれがない。つまり動物には理性がないといっているに等しい。例の伝統的世界観（*scala naturae*）に由来し，ミルトンもこれから完全に自由になってはいない。

11) But God left *free* the *will*, for what obeys
    Reason, is *free*, and reason he made right,
    But bid her well beware, and still erect,
    Lest by some fair appearing good surprised
    She dictate false, and misinform the will
    To do what God expressly hath forbid.

$\hspace{20em}$ IX, 351-356

アダムがイヴに警告をする言葉の一部，理性の見地からも引いたが，自由意志の観点から言っても重要な箇所である。前項の10）とも関係するが，人が神の像に造られている。それが自由なる精神の源泉なのであり，動物と区別される部分なのだが，この引用で特長的なのは理性との関係である。ここでいう理性は多義的（前論参照）なのだが，これは神の像とほぼ同義語であると共に，その一つの機能は「善悪の判断」ということである。神の命に従

順なのか不従順なのか，意志は理性の下位にあってその判断に従って遂行する機能とされる。『キリスト教教義論』における次の言葉がこの消息をよく補足してくれる。

霊的死は「まず最初に喪失において起りあるいは少なくとも，いわば知性の生命の喪失，すなわち人間の主要な善の識別を可能にする正しき理性が，広範囲に渡って曇らされることにおいて起こるのである。…霊の死は，第二に正義と善を行う・自・由が奪われることにおいて起り，言い換えれば，意志の死を司る罪と悪魔に奴隷として服従することにおいて起るのである」[15]

傍点：筆者，以下同。

これはまた次のような聖句の'倍音'とも受け取れよう。「真理はあなたがたに自由を得させる」(ヨハネ8：32)「罪を犯す者は罪の奴隷である」(ヨハネ8：34)。また像と真理と自由との密接な関係は，堕落以前の人間の次のような描写に如実に示されている。

> in their looks divine
> The *image* of their glorious maker shone,
> *Truth,* wisdom, sanctitude severe and pure,
> Severe, but in true filial *freedom* placed ;

IV, 291-294

12) Go ; for thy stay, not *free*, absents thee more ;

IX, 372

アダムがイブに 11) の如く警告した後，尚発する言葉の一部である。この 'free' が自由意志の意であることは，堕落後のアダムのイヴに対する詰問のセリフで追認されよう。

> I admonished thee, foretold

> The danger, and the lurking enemy
> That lay in wait; beyond this had been force,
> And force upon *free will* hath here no place.
>
> IX, 1171-1174

13)
> ...his heart
> Omniscient, who in all things wise and just,
> Hindered not Satan to attempt the mind
> Of man, with strength entire, and *free will* armed,
> Complete to have discovered and repulsed
> Whatever wiles of foe or seeming friend.
>
> X, 6-11

語り手による神の予知と人間の自由意志の矛盾せざることの解説の一部，先の6）と連動している。

> no decree of mine
> Concurring to necessitate his fall,
> Or touch with lightest moment of impulse
> His *free will*, to her inclining left
> In even scale.
>
> X, 43-47

神は予め全ての成行きは承知しているが，それとは別次元で人には人の自由意志に任せた部分があり，それは自律的なものだったという[16]。このように詩人は神の予知と人間の自由意志との調和を何度も繰り返し，説明しているのが印象的である。

14)
> Rational *liberty* ; yet know withal,
> Since thy original lapse, true *liberty*

> Is lost, which always with right reason dwells
> Twinned, and from her hath no dividual being:
> Reason in man obscured, or not obeyed,
> Immediately inordinate desires
> And upstart passions catch the government
> From reason, and to servitude reduce
> Man till then *free*. Therefore since he permits
> Within himself unworthy powers to reign
> Over free reason, God in judgment just
> Subjects him from without to violent lords;
>
> XII, 82-93

善悪の正しい判断の基準である理性が曇ってしまえば、真の自由意志も失われる。真の自由意志を失うことはニムロデ「最初の権力者」(cf. gen. 10：8-12) の如く思い上って神となり、人が人を支配してしまうことであり、また被支配者の理性が曇っている結果、その罰としては神より暴君の下に服せしめられているというのである。平井氏はこの箇所に注を付して次のようにいう。

「内面的な自由（正しい理性が絶対的優位を占める世界）のないところには外面的な自由も失われることをミカエルは説いているが、これはミルトンの政治哲学でもあった。ニムロデの問題を扱っているうちに、作者の意識は自由や理性の問題を人間内部のコンテクストから国家乃至政治というコンテクストにおいて広く拡げて考えてゆこうとしているようである」[17]

ここに福音による内的自由が外化していく原理が暗示されている[18]。
以上『失楽園』にて自由意志（自由を含む）という語の出てくるところを一通り辿った。これをまとめるとおよそ次の如くである。
1．人間の自由意志について
　A．理性が正しく保たれている限り自由意志も正しく機能する。逆もま

た正しい。
　B．神の予知と自由意志は矛盾しない[19]。
　C．人間に十分自立の力を与えた。
　D．それとは別に人間の自由意志の背後に神の恵みが先だってある。
　E．*PL* においても内面的な自由を外化する傾向が暗示されている。
2．天使の自由意志について
　A．天使といえども神もしくは必然によって強制されるものではない。
　　（*cf*. V, 535-540）
　　a．サタンは己の自由意志によって落ちた。
　　b．アブジエルは（途中で直ぐ誤りに気付いて）自らの自由意志で神側に戻った。
3．神の自由意志について
　神の「為さぬ自由」とは，積極的に悪を肯定することではない。悪が栄えるのを消極的に関知せぬということで，そこに悪のレーゾンデートルを予想することができる。

II

　このテーマについては先ず Woodhouse（A. S. P.）から始めるのが順当であろうか。彼はミルトンは3つの自由を推進したとする。1) 個人の自由 (individual or domestic liberty)。これは主として『離婚の教義と規律』(*The Doctrine and Discipline of Divorce*, 1643) と『アレオパジティカ』) に見られる。2) 政治的自由 (political or civil liberty)。主として『教会問題における世俗権利』(*A Treatise of Civil Power in Ecclesiastical Causes*, 1659) のような沢山の政治パンフレットに見られる。3) 宗教的自由 (ecclesiastical or religious liberty)。主として『失楽園』, 『復楽園』(*Paradise Regained*, 1671), 『闘技士サムソン』(*Samson Agonistes*, 1671) そして『キリスト教教義論』に見られる。4) 特に『失楽園』には全てのものが総合的に示されている[20]。更にミルトンの場合個人主義で留っていて，民主主義まで行かないという。この点少し詳述すると，生れながらの自由は

神によって与えられているというが，万民が平等というわけではない。当然のことながらミルトンにはクリスチャンコードがあった。つまりクリスチャンの自由が保証されるためには，多数の意志は無視するもやむなしとした。この点ヴァチカンの教会権力を相対化しながらも福音の自由（従って宗教界内）に留ったルターの延長上にあるといえよう。全ての者の自由をいうが全てが自由というわけではなく，キリスト者が統治するという前提で未信者の自由が許される。その意味では，ミルトンは寡頭政治主義者であって民主主義という地平からは未だ遠いとする[21]。

　次いで Barker（Arthur E.）を取り上げねばなるまい。概ね Woodhouse と同じなのだが，ミルトンのは完全な寛容（自由の同義語）でなく，ミルトンの（つまりここではプロテスタントの）立場からの善悪・真偽・信・不信等の価値判断にこだわり続けた。従ってカソリックに対しては自由を拒否した[22]。理由は3つあって，カソリックは1）政治的に危険，2）迫害をするおそれがあり，3）それ自体真の宗教でないとする。ミルトンの自由は良心の自由ともいうべきもので，聖書の見地（IIコリ．3：17）からすべての人に等しく自由は属するとしながらもその同じ自由を宗教活動ならいざ知らず，外界の行為においてまで全ての人に敷衍することはなかった。先の Woodhouse の3つの自由にバーカーは序列を付し，重要なのは 1）宗教的自由 2）政治的自由 3）個人的自由の順だという。但し民衆に対して一種のアンビバレントな感情が支配していたことも指摘する。即ち，彼らが自由を叫ぶときそれは放縦を意味するといったかと思うと，生まれつきの自由の権利を有する民は，暴君を退け，共和国を打ち建てる権利を有するといったりする。

　次いで Danielson（Dennis Richard）を取り上げねばなるまい。ミルトンがアルミニアンだということはかねて言われてきたことであるが本格的にこれを確立した書物だからである。だがこれには前史がある。そもそもアルミニアニズムにも右と左があり，右には国教会の Laud（William, 1573～1645）大監督がいたから，ミルトンが組するはずがない。左についても1642年にはミルトンはこれを否定していた[23]。ではいつ頃アルミニアンになったのかといえば1650年代の個人的な不幸の体験（失明，失職，妻の死，

子供の死など）と革命の大義の衰退とが，英国カルヴィン主義に伴う初期の楽天主義を捨てさせたのだろうという[24]。ミルトンは言う「人が自らの意志でなく，必然によって堕落したということが一旦認められると，常にその必然が密かに人の意志に影響を及ぼすか，さもなくば人の意志をある方向へ導くように見えるだろう」[25]この考え方がまた『失楽園』の神が最も避けようとしていたところであり，意志と理性を選択と同一視しながら（III, 108），人の自由は能動的であって受動的ではなく（III, 110），必然ではなく神に奉仕するのだといわしめる（III, 110-111）とする[26]。裏を返せば事前に神が予め全てを決めている（事前決定論者，つまりカルヴィン主義者）のではなく，神の恩寵とバランスを取りつつ人間の意志に委ねられているということを，PL X, 44-47 (cf. III, 97-98, III, 116-117) を根拠に論ずる。こういう人間に任されている意志の部分を，当時の言葉で indifferency (of the will) ($\alpha\delta\iota\acute{a}\phi o\rho\acute{\iota}a$) というらしい[26]。このあたりは微妙なので直接ミルトンの言葉を聞こう。

　事前決定論は神が罪の創始者だという責を避けることができない。それ故事前不決定論のみ神義論になじむ。（中略）たとい神が全てを避けがたくし給うていたというも，神があることがらは人の意志に委ねたと宣うも，神の意志が全ての第一原因であることに変わりはない[27]。

　人は自由なのだが実際には自由は奪われているということは神にはいや増して適わしくなかろう。そして強制ではなく不変と無謬に起因すると信じるよう求められるものとして我々が必然と称するあのいかなる洗練された概念をも認めるなら自由はだいなしになるか少なくとも曇らされる[28]。

　こういうミルトンをアルミニアンとする立場からみて問題となる箇所は次の二行である。

　　Some I have chosen of peculiar grace
　　Elect above the rest ;

III, 183-184

つまりこの箇所が事前決定論風にみえるからといって,アルミニアニズムでないとか,カルヴィン主義的だというには当たらないという[29]。この'elect' の意味が『キリスト教教義論』で通常「信じて信仰を持続する者」[30]ほどの意味に過ぎないからだという。結論的にいえば意志は確乎たるものだが,それだけでは有効でなく,救済には恩寵がどうしても必要だ。だが恩寵は人の意志を支配するものではない。正統カルヴィン派にとっては神の意志のみが確乎たるものであり,ペラギウス派にとっては,何ら助けのない人間の意志が有効であり得る[31]。

但し以上は人間の意志に関する限りのことであって,ダニエルソンは,神の意志に関してはミルトンは事前決定論者なのだとしている[32]。

次いで William Myers: *Milton and Free Will: An Essay in Criticism and Philosophy* (London: Croom Helm, 1987) を取り上げないわけにはいくまい。正に同じテーマを扱っているからである。だが副題に philosophy とうたってあるように,音色は少し異なる。彼によると,そもそも *PL* のテーマ「神の道を人に正しく示す」が成功していない。それは正にこの自由意志概念が不十分だからであるという。およそ「行動する人間」(*actus humanus,* p. 68) が自由であるとは,3つの側面を有するとする。1) 自ら進んで (voluntary) 2) 自覚的に (intentional) 3) 二者択一的 (two-way choosing) である。*PL* におけるアダムもイヴもこれら3つを十分に試されずに堕落するので,そもそも人 (の道) の部分があいまいにされ (murky inexplicitness, p. 73) ミルトンの言葉は雄弁であるにもかかわらず「神の道を人に正しく示す」ことができないままなのである (p. 75)。この点ミルトンの自由意志観はスコラの亜流でそれを越えるものではない (p. 162)。これは「無関心の自由の教義 (the doctrine of liberty of indifference, p. 156) といわれるもので,次のように定義される。

行為者がことを為すに必要なあらゆる条件を与えられて,為すこともでき[33]また

為さないこともできるなら，その行為者は自由である[34]。

　ミルトンの神の自由はいわば私有財産である（p. 167）。神は人に関わりなく勝手に自由であるということらしい。地球は結局中心ではないともいわれる（p. 198）。ミルトンの自由観には，聖霊観が与って力がある。但し，ミルトンの聖霊観はあくまでも聖書に基づくもので，ドグマ（三位一体）に基づくものではない。聖霊は勿論御子より従位にある。にもかかわらず，自由との関わりは強く，真理の聖霊の導きにより，自由は達成されるという（p. 208 cf. ガラテヤ 5：1）。ミルトン自身は政治と信仰（宗教）を同一視する'Acting person'（*actus humanus*）であった（p. 222）。つまり言論の人であると共に行動の人としても生きた[35]。

　多少前後するが Christopher Hill の立場も確認しておく必要があろう。

(1) ミルトンの判断基準は個人の良心そのもの[36]。
(2) ミルトンの理想像は一人で競技を走り，闘いを戦う真の旅人クリスチャンであった。（p. 272）
(3) A．カソリックとロードのいう「教会」は全共同体と聖職者の職階制を指した。
　　B．長老派と他のプロテスタントの教会は，共同体というよりは，選ばれたものの「教会」を指した。
　　C．ある急進的アルミニアン達の教会は恩寵と救済を普遍化しつつ，全人類としての「教会」を指した。
　　D．ミルトンはこの点他の多くの点と同様 B と C との間で平衡を保っていた。（p. 273）
(4) ミルトンのアルミニアニズムは人間の尊厳と自由の深い信頼から生まれた。意志が自由でなければ，神への崇拝と愛は無価値である。「人への神の道が正当化され得るなら，ある程度の自由意志は」人に許されねばならないと考えた。（p. 275）

最後に Joan S. Bennett の *Reviving Liberty : Radical Christian Humanism in Milton's Great Poems* (Cambridge, Mass.: Harvard U. P., 1989) はミルトンとアンティノミニアニズム（無律法主義・信仰至上主義）との関係を論じている点で重要である。
(1) 20世紀の読者は一般にアルミニアニズムはアンティノミアニズムとはなじまないと考える。この見解は筋が通っているように見える。何故なら自由恩寵論者は，そのアンティノミアンの信仰を「堕落した人間の意志は自由ではなく，救いは予定されている」という主張に基づき，一方アルミニアンとのレッテルを貼られた人たちは「人の意志は全ての人に与えられた救いを受け入れるも拒むも自由なのだ」と信じたのだから。(pp. 104-105)
(2) だが，Richard Hooker (*c*. 1544~1600) の影響があるとし (p. 106)，神の善という超道徳的意味とその善の体現としての自然法というクリスチャン・ユマニスト的概念の結合が個人の自由の根拠へ向かわせた。そしてこの結合は，ミルトンによって最も意識的に達成された。なぜならミルトンは「一般予定」[37]即ち自由意志の信仰と道徳律の廃止即ちアンティノミアニズムという倫理的要素の信仰の両方を結合したからである。(p. 108)
(3) ミルトンとグッドウイン (John Goodwin, 1594 ?~1665) は次の順を辿った。1) 長老派系のカルヴィニズムの影響 2) 長老派の不寛容に端を発して独立派へ 3) 最後には個人的にそれぞれ異端的立場に到達したとする。(p. 106)
(4) あのミルトンの自由の活力ある一面は個々の心中にある聖霊と協同して，倫理的に確信を持って働く信仰者の自由である。

Bennett は更に例の separation scene (IX, 372) は道徳的問題ではなく，従って罪を犯していないとする。「行くか行かないか」（アダムのもとを去るか留まるか）それ自体は道徳的に中立の事柄で17世紀の用語でいえば例の "thing indifferent" なのだという (p. 116)。この separation scene の詩的提示がしくじりだという大方の批評は，かえってミルトンのアンティノミニア

ン的良心の自由という必然的に不安定な性質に複雑な認知を与えているという (p. 117)。

III

　我々は『失楽園』に立ち帰ってこの問題についての見解を述べたいと思う。神並びにラファエルがさんざん繰り返し述べる如く，天使とは自由意志に基づいて神に奉仕するものであった（I，2，4，7）。がここに一人自尊を傷つけられ，歪んだ自由意志で逆う天使が現われた。サタンである。このキャラクターはミルトンの独創とはいえない。聖書はもとより，その他多数の先例があるからである。だが例の自然法に基づく平等論の展開（I，8），これは革命（もしくは内乱）という歴史の厚みが背景にあるだけに一応の説得力がある。水平派その他ラディカルなセクトの主張が思い浮かぶからである。そして同調する天使が三分の一。ミルトンは一見聖書の呪縛からどこまでも自由ではない。しかしアブジエルの挿話は独創であろう。誤りに気付いて敢然と一人反論し立ち帰る。ここにミルトン自身の姿を見る人もいる。サタンのこのようなカリスマ的独裁者に言論（即ち *recta ratio*, right reason）でたち向かうには相当の勇気と気迫がいったに違いない。もっともサタンに言わせれば神の方こそ独裁者ということになるが。この宗教の枠組の中における神話を，現代に先立っていささか非神話化したのは，Blake (William, 1757~1827) であった。ミルトンは知らずして悪魔の味方であったと。いわゆる精神分析学の id 又は libido のレベルでこれを解釈することも可能ではあろう[38]。次いで人間はどうか，どうやらポイントの一つは 'freedom of indifferency' なる教説にあるらしい。先に見た如く批評家によって解釈が微妙にずれているからである。それにしても，L. Molina の定義（II参照 Molinism ともいう）は一応の基準を示してはくれる。separation scene におけるイヴの離反の自由（本稿I，12））, がこれに基づくらしい。こんな教理は，スコラの亜流だから，ミルトンの自由意志も力んでいる割には無駄に終わっている（II W. Myers）とか，その他何とか理解しようとする試みが過去に相当なされてきた[39]。例の *Areopagitica* の "cloister'd virtue" の駆

逐，即ち修道院で護られた徳では真の徳にならないのであって，市井の試練を経た徳こそ真の徳だとした。これがこの PL で具現しているかという問題でもある。筆者はここ (separation scene) は，定められたプロットの中でよくドラマ化しているとは思うが，現代の一読者としては，いささかもの足りないという立場に立たざるを得ない。しかし文学表現の問題としてはそうであってもやむを得なかったろうと思う。何故ならこれは勝れて神学的な問題であるからだ。Bennett のように antinomianism に直ちに結びつけるつもりはないが，「人間が悲惨である」（罪は既に犯されている）という命題が先にある以上どう表現しても演繹的にはうまくいかないと思われるからだ。こういってしまうとこの作品自体が無意味だということにもなろうし，事実それに近いことを A. J. A. Waldock はいっているのだった[40]。筆者としてはそこまで極端には考えない。要は神は初め何不自由ない理想の人間を造られた。それがデモーニッシュな勢力（この作品では勿論サタン）の誘いを受けて，本来自由な帰依の従順を保つべき人間が損なってしまった。それだけのことである。従ってここはむしろ内容の見きわめより，レトリックに払われた苦心にこそ注目すべきかもしれない[41]。人間実存の実態から言って堕落後にこそ真摯な意味が汲み取れよう。それは端的に言って，聖霊に促されての改悛の自由ということである。

　詩人は初めから聖霊に呼び掛けて詩作をしている（I, l. 17 cf. III, l. 1）ということもさることながら，X巻終りを経て，XI 巻の初めに見られるアダムとイヴの祈りは (XI, 1-2)，この叙事詩の turning point として非常に重要だと考える。喧嘩し，肉欲に陥り，あとは適当なごまかしと惰性で生きているというのが，人間実存の実態といっても過言ではないであろうが，ミルトンのアダムとイヴは何と改悛の祈りを共に真摯に捧げる。特定の宗教の枠内ではあっても，これはなかなかできそうでできない理想の境地であろう。勿論ミルトンは聖書を根拠にこうしているのである[42]。そしてミルトンの聖霊観は必ずしもオーソドックスではないのは，先の W. Myers の説の通りである (II)。ドグマに支配されず，聖書のみに基づき「聖霊のあるところには自由がある」(II コリ．3:17) を根拠に，奔放で自由な聖霊観を展開している。クエーカーやもっと極端なランターズのような antinomianism に結びつく素地はこういうところにあるのではあろう[43]。現代の諸規範から見て、およそ文学らしくない文学、ほとんど宗教そのものといってもいいかもしれない。だが筆者の観点はここにある。即ちミルトンは聖書そのものの再構成をしていると思うのである。しかもルネッサンスの後塵を拝する文人として humanism 風に叙事詩としてこれを提示した。通常は Christian humanist とするが、筆者は敢えて Puritan humanist と言いたい。なぜなら、全てのクリスチャンが必ずしも聖書中心主義ではないが、聖書中心主義を打ち出したのはプロテスタント、英国では別けても Puritan 達であったからである。申すまでもなくその後のプロットが全てを語り尽くしている。擬人化される (winged, XI, 7) とはいえ聖霊が父祖らの祈りを御子に取り次ぎ、御子が神に取り次いで、ミカエルを楽園に送り、ヴィジョンとヒアリングで、旧・新約聖書を語り貫く。そのあかつきに楽園を追われ、摂理(筆者は聖霊にほかならないと思うが)を導き手として、一人(イヴを含む)荒野へ出て行くのである。それはアルミニアンに見えるところもあるであろう。またアンティノミアンに見えるところもあるであろう。だが一個の独立した Puritan humanist のそれであることに変わりはない。敢えてレッテルを貼れば、(ウェストミンスター派の)狭量なカルヴィニズムとはなじまぬ、むしろジュネーヴのカルヴィンその人の流れを汲む一 variant だと筆者は考える。誤解のないように付け加えておけば、法律に拘束されない福音の自由(自然法、理性、自由意志を含む)を謳歌する一方で、放縦を嫌い、規律を重んずべきことを説いて、きちんと歯止めを語っているということである[44]。従ってランターズのような極端なアンティノミアンとなじまなかったことはあまりにも明白である。

結び

自由意志の問題は勝れて神学的問題が背景にある。ミルトンはアルミニアン(従ってペラギウス的な面を持つ)とするのが、通説である。しかしミルトンの'自由意志'論は、当然自由の問題全体に関わる。A. 宗教的自由、B. 政治的自由、C. 家庭的自由である。筆者は自由意志との関わりから見

て，アーサー・バーカーと共に宗教的自由がミルトンにとっては，最重要だったと見る。PL と自由意志との関係の中では，正にこの宗教的自由の問題が重い。それは聖霊に基づく聖書の再構成であり，James H. Sims, Michael Lieb, John M. Steadman 等の研究成果[45]の示す如く，ルネッサンス人文主義者としてこれを叙事詩に結実させたのである。しかしそこに盛られている精神は，本来の自由意志（正しき理性）の関係からいうとアルミニアンなところがあるが，ウェストミンスター派の厳格で狭量なカルヴィニズムではなく，むしろカルヴィンその人の影響下にあると見る。何故ならカルヴィンその人には例えば悲惨に陥ってはいるが理性や神の像は残っているのであり，その限りでは自由意志さえも残っていることになるのであって，その点でアルミニウスはカルヴィンの考えを盗んだとする説もある位である[46]。但しミルトンのアルミニアン的要素は Bennett もいう如く，オランダのアルミニウスの直接の影響というよりは，聖書そのものの熟読玩味がそうしからしめているのであって，根本は聖書主義という点でピューリタンの衣鉢を継いでいるのである。そういう意味でもし敢えてレッテルを貼れば，筆者は Christian humanist というよりは，Puritan humanist といいたい。

　但しミルトンにおける聖霊主義をファナティシズムと見るのは誤っている。聖書の読者なら誰でも知る如く，聖書特に新約，更にパウロその人が聖霊を重んじたのである。その意味でミルトンのは聖書をあくまでも遵守した聖霊主義であるといえる。即ちレター（文字＝法律）か霊かという二者択一ではなく，レターに盛られた霊の問題として統合し得るはずである。しかし聖霊に基づく聖書の（叙事詩への）再構成の問題は，今ここで扱うには重すぎる。またいずれかの機会を待ちたい。

注
序

1）　下中邦彦編『哲学辞典』（平凡社，1961年）1077頁。
2）　同8頁。
3）　C. S. Lewis, *A Preface to PL,* (O. U. P., 1961), pp. 66-72. Peter A. Fiore, *Milton and Augustine* (The Pennsylvania State University, 1981), pp. 39

f. p. 48, pp. 56-58.
4) 松田智雄編『ルター』世界の名著 18（中央公論社，1969年）34頁。
5) 大木英夫『ピューリタニズムの倫理思想』（新教出版社，1966年）32頁。外化の具体的過程の例は，香内(コオウチ)三郎『言論の自由の源流』—ミルトン『アレオパジティカ』周辺—（平凡社，1976年）参照。「微妙」というのは，継承ではなく発展，従って越えているということ。ルターと反対の立場を取るとする例を示す。Victoria Kahn, *Machiavellian Rhetoric* (Princeton U. P., 1994) p. 225 "Although Pelagius might suffice for a description of the original fall, as fallen creatures we are incapable, according to Luther, of willing freely. Yet, in *PL*, Milton takes issue with this Lutheran position." 以後 Victoria Kahn とする。
6) 『哲学辞典』42頁。
7) D. R. Danielson, *Milton's Good God* (Cambridge U. P., 1982) chaps. 3, 4. D. Loewenstein, *Milton : Paradise Lost* (Cambridge U. P., 1993) p. 78. etc.

I

8) 「神のこの発言は微妙。救いがただ絶対的に或いは機械的に神から発する恩寵のみによるのでなく救われる側の，即ち人間の側の，救われんとする意志の存在を必要とすると作者は神をして言わしめているようである。『失楽園』の神は，救われんとする意志が人間の内部に生まれることを惻々として願う神である」平井正穂訳『失楽園』上（岩波文庫，1981年）371頁。以後平井訳とする。
9) 「恩恵と自由意志」解説『アウグスティヌス著作集10』ペラギウス駁論集(2)（教文館，1985年）379-380頁。
10) 「必然性という法にしばられて行う奉仕的行為の有難味は余りない。というより全然ないといってもよい。なんらかの不動の命に有無をいわさず強制されるような意志には自由なんか認められないからだ」『キリスト教教義論』Ⅰ．3 M. Y. Hughes ed. *Prose Selections* (The Odyssey Press, 1947), p. 409. 平井訳，上，415頁。
11) 拙著『ミルトン研究ノート』（弓書房，1986年）110頁 参照。
12) 'Reason of Church-Government,' *Prose Works*, vol. 1p. 751. 平井訳 上，

427頁。

13) Fowler, p. 399. 注参照。
14) 前章参照。
15) *C. Ed.* vol. XV, pp. 205-207 小森禎司・知子訳『力者サムソン』（山口書店，1993年）214頁。
16) 別次元というのは，キリストの贖罪とこれを受け入れる信仰（これが神の恩寵の具体的中味）といった事柄が別に備えられているということ。
17) 平井訳『失楽園』下，407頁。
18) 注（5）参照。
19) 「もし自由意志が認められないなら，我々が神に捧げる信仰又愛も全く無駄で無価値である。必然の法の下に行われるどんな行為も，全く受け入れられないし，一方自由が神は必ずや猶予したもうあの意志にもはや属することはあり得ない」M. Y. Hughes ed. *Prose Selections,* p. 417.

II

20) A. S. P. Woodhouse, "Milton, Puritanism, and Liberty," *The University of Toronto Quarterly* IV (1935), 483-513. p. 494. 以後 'MPL' とする。
   cf. *Puritanism and Liberty* ed. A. S. P. Woodhouse (The Univ. of Chicago Press, 1951)
21) 'MPL' pp. 501-512.
22) Arthur E. Barker, *Milton and the Puritan Dilemma* (Univ. of Toronto Press, 1942 repr. 1964) pp. 251 f.
23) D. R. Danielson, *Milton's Good God* (Cambridge Univ. Press, 1982) pp.59 f. "An Apology against a Pamphlet," *C. Ed.*, III, p. 330. 以後 Danielson とする。
24) Danielson, p. 80.
25) *Christian Doctrine, Prose Works* VI, p. 174. 以後 *CD*. とする。
26) Danielson, pp. 140f.
27) *CD.*, pp. 163-164.
28) *Ibid.,* p. 160.
29) Danielson, pp. 82-83.

30) *CD.*, i 4 ; *C. Ed.* vol. XIV, p. 125. *cf., Id.,* 117.
31) Danielson, p. 86.
32) *Ibid.,* pp. 149f.
33) W. Myers はこの 'できる' (can) に注を付し, 2種あるという。①a two-way power or ability と② liberty of spontaneity (天真らんまん) とである。
34) Luis Molina (1535~1600) : *Concordia Liberi Arbitrii* (1588) 14. 13 d 2, (123) 尚 L. Molina はスペインのイエズス会会士である。
35) W. Myers の論には, これ以外の主張もふんだんにある。特にポーランド系の著作家, その他名だたる哲学者, そして Henry James やロマン派の詩人などについての言及も無視し難いが, ここでは割愛した。
36) Christopher Hill, *Milton and the English Revolution* (Faber and Faber, 1977), p.258. 以後 *Revolution* とする。*cf.* Christopher Hill, *The Experience of Defeat* (Faber and Faber, 1984) chaps. 2, 4, 6, 10。
37) いわゆるドルトの会議 (1618-1619) の5条項の第一項, 無条件の選び (unconditional election) に対するもの。つまり改革派カルヴィン主義は, 神が予め無条件に (神のみの意志で) 特別な人を救いに選び給うとする。ところで先に見た通りミルトンの 'elect' はクリスチャン (信じる者全て) と同義であった。(see 注 II, 30)

III

38) *cf.* William Kerrigan. *The Sacred Complex* (Harvard Univ. Press, 1983) pp. 160, 164, 218, etc.
39) e. g. Stella P.Revard, "Eve and the Doctrine of Responsibility in *Paradise Lost,*" *PMLA* vol. 88 (1973), 69-78. Revard はそれぞれのキャラクターが, それぞれに独立して自立への道が備えられているという。イヴさえも。更に参照: Diane K. McColley, "Free Will and Obedience in Separation Scene of *PL,*" *Studies in English Literature,* 12 (1972), 103-120, Thomas H. Blackburn, "Uncloisterd Virtue : Adam and Eve in Milton's Paradise," *Milton Studies* 3 (1971), 119-137. John Reichert, "'Against His Better Knowledge' : A Case for Adam," *ELH* 48 (1981), 83-109. etc.

40) *Paradise Lost and Its Critics* (Cambridge, 1947, repr. 1964), pp. 41, 55, esp. pp. 55-57.
41) Barbara Kiefer Lewalski, *PL and the Rhetoric of Literary Forms* (Princeton Univ. Press, 1985), pp. 236f. Victoria Kahn, pp. 224-235. 尚小生の書評,『学鐙』vol. 92. 1（丸善, 1995年）66-67頁参照。
42) ガラテヤ書, 5：1；IIコリント3：17 etc.
43) Hill, *Revolution* p. 247. "This attitude could easily slide over into the antinomianism of Ranters like Clarkson, Coppe and Bathumley,"
44) ソネットXII. 'I did but promt the age to quit their clogs' *l*. 11, 及び新井明他訳『教会統治の理由』（未来社, 1986年）15頁以降参照。*cf*. Hill, *Revolution* p. 248.

結び

45) James H. Sims, *The Bible in Milton's Epics* (Univ. of Florida Press, 1962), Michael Lieb, *Poetics of the Holy* (Univ. of North Carolina Press, 1981), John M.Steadman, *Milton's Biblical and Classical Imagery* (Duquesne Univ. Press, 1984), James H.Sims *et al.* (ed.) *Milton and Scriptural Tradition : The Bible into Poetry* (Univ. of Missouri Press, 1984) Mary Ann Radzinowicz, *Milton's Epics and the Book of Psalms* (Princeton Univ. Press, 1989) etc.
46) R. T. Kendall, *Calvin and English Calvinism to 1649* (O. U. P., 1979) p. 150.

ミルトンの聖霊観——その終末論的側面——
——『キリスト教教義論』と『失楽園』を中心に——

序

　ミルトンの終末論が当時盛んであった終末論のなかで，どういう特色を持ち，同時代の終末神学のなかでどの位置に立ち得るものなのかを極くかいつまんで概観しておかねばなるまい[1]。

　第一には，ミルトンの学んだケンブリッジのクライスト学寮での個人指導教授であった Joseph Mede (1586~1638) という人が，ヨハネ黙示録の注釈を著している[2]。この黙示録の表面的な意味は，1）キリストの教会の歴史とキリストの敵（Antichrist）との戦いということなのだが，2）このAntichrist は文字通りはバビロニア，実際はローマ帝国の圧政であるのは常識だが，17世紀人ミードにとっては，三十年戦争（1618-48）を背景とした宗教改革の正統化の中で，Antichrist を Roman Catholic ととらえる。そしてミルトンもこの考え方を共有しているのは周知の通りである。そこに一つの特色とまた立場によっては限界があるともいえるであろう。

　第二には，『キリストの地上統治』(*Christ's Personall* [sic] *Reigne on Earth* (1642) by Robert Maton, *The Personall Reigne of Christ Vpon Earth* (1642) by John Archer) というほとんど同名の書物が2冊出まわっており，清教徒革命政権の頃までには，両書がピューリタン内に急速に広まり，「キリスト一千年統治が急速に近づいたという考えがあらゆる階層の宗教家の間に広範に広まった」[3]のである。一番顕著な極端が第五王国派で，更に Muggleton[4] (1609~98) を生み，30代半ばのミルトンも千年王国的に見える発言を *Of Reformation* (1641) *Areopagitica* (1644) などでしている[5]。だが1656年までには第五王国派は時代遅れとなり，それと踵を接するようにクエーカーが台頭してくる。いわゆる寛容（もしくは自由）の問題

は，こうした終末論的な確信に裏打ちされた聖霊による自由に促されて出て来たのである。時代のエトスとしては，それこそ宗教的熱狂そのものであった。即ちこの当時の終末思想は，1）（聖霊による）自由を促進し，2）いわゆる信教の自由の先鞭となる「寛容の精神」を促したといえる。

かくて個人に内在する霊は縛られず，独立（independency）が歴史的な関心を持つに至る。勿論こういう傾向を長老派は嘆き，Baxter（Richard, 1615～91）は思慮深く慎重に一歩退いた発言をしていた。一方ミルトン又，Llwyd（Morgan）[6]らは「すべてのセクトにはそれぞれ一理の真理がある」[7]という立場を表明していた。つまり寛容を是としたのである。一方クロムエルは内的な霊的なダイナミズムを持って，すべての'平和な'キリスト教徒に「聖霊の自由」を許した。その彼もクエーカーには政治的な恐れを懐くが，彼らにも寛容を示し，Fox（George, 1624～91）とも会っている。

そこでミルトンの特色と立場だが，30代半ば頃（1640年代）に確かに千年王国的な「再臨は近い」といった主旨の発言をしているが，しからば文字通り千年王国思想を信じていたかとなると，それは懐疑的で，クロムエル同様「千年王国思想の奥義に関する限り，それは理解を越えること」[8]としていたようだ。そして『失楽園』や『キリスト教教義論』（以後『教義論』とする）を書く頃までには，「ミルトンにとっては，とっくの昔に千年王国そのものは明らかに信仰の未来事項として本来の性質に戻っていた」[9]のである。

一応このような大摑みな背景を踏まえて，我々はミルトンの特に『教義論』と『失楽園』を中心に聖霊そのものへ関心を集中させたい。

I

『教義論』における聖霊そのものとその職務については Maurice Kelley の綿密なまとめがあり，Barbara K. Lewalski はコンパクトな要約をしてくれている。Kelley は聖霊そのものは，1）神　2）神の権能　3）キリスト　4）（必ずしも聖書は第三位格について語っていないが）ペルソナでもあり，5）その象徴　6）またその贈物とし，Lewalski は，1）光　2）創造の息　3）上よりの声　4）聖なる衝動　6）御子　7）神の名代としての

天使としている。更に Kelley は，その職務について12項目を掲げる。
1）神の召命に従うものを変えせしめる　2）新生（もしくは再生）を促す
3）信仰の回復を促す　4）信仰による希望をもたらす　5）良き業を導く
6）「子たる身分」を授ける　7）救いの保証を与える　8）霊的な事柄の
理解を助ける　9）信者の心に福音を書かしめる　10）その福音を解釈せし
める　11）祈りを導く　12）キリスト者の自由を導く，である[10]。『教義論』
を読むかぎり，これらはほぼ正確な要約だといわざるを得ない。にもかかわ
らず，『教義論』（仮にこれを100％ミルトンの著作だと仮定して[11]）これの
みでなく，『失楽園』における聖霊と合わせて考える時，何かが欠けている
と思われるのである。少し大げさに言えば，木を見て森を見ずだという面が
なきにしもあらずだと。私はミルトンの聖霊の終末論的構造という側面がミ
ルトンの聖霊観を支える今一つの枠組であると言いたい。かつてこれを少し
く指摘したのは Geoffrey F. Nuttall だった。けれども彼はやや大きなス
パンつまりピューリタンという枠組の中でこれを位置づけたのだった。
Nuttall は，語義を手短に検証した後，歴史的には久しく地下の潮流にあっ
たものが Reformation で脚光を浴びたとする。従ってめぼしい人文主義者
や宗教改革者らの見解をコンパクトに要約した後，1620年代から1660年代の
スパンのピューリタンらの見解を丁寧に分析し，検証している。その中で
「聖霊によって完全な自由に到達するということは，力強い終末意識そのも
のだった」[12]という。私はもっと微視的に聖霊（Holy Spirit, Spirit, Holy
Ghost）という言葉そのものにどこまでもこだわりながら，これを特に『教
義論』及び『失楽園』を中心に迫ってみたいと考えた。

　先ず言葉の問題を押えておかねばなるまい。聖霊が何故終末論的構造を持
つのかという問題である。そもそも終末論的構造とは，救済史観と深い関わ
りがあるのであって，救済史の特長は，一口でいえば「全てが神の高い配慮
(providence) のもとにあり，直線的に創造の初めがあり，救い（又は創
造）の完成という終りがある」ということである。更にこの救済史には二つ
の挿話があるのであって，それは，1）人間の堕落と　2）その救済とであ
る。1）は旧約のヤーウェの神の時代と言い換えてもよい。2）の救済は更
に二つに分かれるのであって，①新約の福音の時代（書かれた年代でなく内

容）即ち御子の受肉・贖罪・復活までと，②新約の使徒行伝を含むパウロの書簡の時代，事例でいえば，ペンテコステ以後，つまり「聖霊の時代」とである。そしてその後キリストの再臨によって終末が訪れ救済（又は創造）が完成するのだが，この第2の②即ち「聖霊の時代」というのは，原始キリスト教会の成立そのものに関与し，とりわけ終末意識が強かったのだが，それはヨエル書2章28-29節や使徒行伝2章17節以降などで「終りの時に聖霊が注がれる」と言われているので，それによって終りの時が来たという確信を持ったからである。この「聖霊の時代」はまたキリストの復活と再臨の中間の時代ということで中間時ともいわれるが，もういうまでもなく，ミルトンの時代も現代も中間時（つまり「聖霊の時代」）という意味では一緒なのであって，その時代時代によって歴史的に切迫した動乱のある時には常に終末思想がはやったし，またはやるのである。そのような意味で17世紀が大変な変動の時代であり，終末思想がはやったということは初めに見た通りである。しかしながら以上は外枠の大きな構造であって，実はこの構造には，内枠というべきもう一つの終末論的構造があると思われるのである。それは「聖霊が現臨しつつ常に最終判断に関われる有様」ということである。最終判断は通常最後の審判として，終末時に神より行われるとされる。クロノロジカルにはこれはわかり易い。しかし「神の永遠性とは歴史における遍在（換言すれば初めは終りであり，終りは初めであり，要するに神の目より見れば全てお見通し）ということ」であって，常に現在に関わっている。そして中間時，聖霊の時代にあっては，神は特に聖霊において臨んでいると解せられる[13]（但し聖霊はどの段階でも常に働いてはいたが）。それ故現在は終末から逆照されて，最終判断に関わる。人が終末時に裁かれるのは，その人の生前の生の現在が裁かれるのであって，たまたま終末時に生きた人のみが裁かれるのでは勿論ない。今の人間から見て古代であろうが，中世であろうが17世紀であろうが，現在であろうが，常にそういう構造を持っている。ミルトンは聖書主義を唱えながらも聖書といえども文字そのものには原稿・筆写・編集等の問題があるがこれを真に読ましめるのは，結局聖霊の働きによるのであると言っている。「我々に与えられた聖霊が，聖書よりももっと確かな導き手である」[14]。そのような意味においても私は聖霊を聖書の文字そ

のものよりも質的に上位に置き,最終判断に関わらしめている点で,終末論的構造を持つと言いうると考えるものである。以上の如く,聖霊の終末論的構造とは1)「終りの時に聖霊が注がれる」という予言が,ペンテコステ時に実現したという原始キリスト教会の信仰に基づくという歴史的枠組と,2)「聖霊が現臨しつつ常に最終判断に関わる」という二重構造を持つと要約できよう。

　人が先ず聖霊に与るには生まれ変わらねばならない。それは通常水と霊即ち洗礼によって与えられる。かくいうミルトンも例外ではありえず1608年12月20日に洗礼を受けている。いわゆる幼児洗礼ということだが,周知のようにミルトンは幼児洗礼の有効性は認めていない[15]。これも一つの小さなironyだが,それはともかくとして,ミルトンの聖霊観を鳥瞰すると一見偉大なアイロニーに気付く。中間時を生きるミルトンは「聖霊の時代」を生きたのだから,何事も聖霊に依存するのは当然のことである。だが一方でミルトンは,特に『教義論』では,慎重さを示しながらも聖霊を低く見ていることも事実だからである。「求めが父になされ,自らでなく父によって与えられたものは,神でもなければ,祈りの対象でもない」[16]。ここに大きなアイロニーがある。詩人のimaginationは聖霊より来る。しかしてそのimaginationの所産である主要な詩の主役たちは,別のキャラクターである。時に聖霊も脇役を演ずるけれども,ドラマ性は稀薄である。以下『教義論』を踏まえつつ,主として『失楽園』との関係にしぼって考えてみたい。筆者の仮説は「聖霊に関する『失楽園』と『教義論』の不整合は,その終末論的構造を想定することによって,通底する」というものである。

II

　元来は再臨と終末の黙示である『失楽園』5,6巻における「天上の戦」がミルトンにあっては少なくとも『失楽園』における出来事の初めとして描かれるということが生起している。この透視(パースペクティヴ)がどこから来るのか。私はこれは聖霊による終末論的構造から来るのであると言いたい。聖霊は時に「あの永遠の霊」[17]と言われ,先に見たようにいわば神の目

であって，神の目より見れば初めと終りは重なりあっているということなのである。今一つ『失楽園』から例を挙げると第10巻の「告発の場面」である。創世記はどこまでも父なる神がアダムを告発する場面として語る。しかしミルトンにあっては，告発の遂行者は御子である。しかもこの告発は最後の審判とも重なりあっている。但しアダムの聞く声はどこまでも God である。しかし読者にはそれが御子とわかるように描かれている。アダムとイヴの裸に毛皮の衣を着せてやるのは御子である。こういう typological な二位一体的描き方の背後には，私はやはり聖霊の終末論的構造による透視があると考える。

　この透視の呼び起しとして，先ず invocation の問題がある。これにはさしずめ 3 つの問題が生起する。1)『失楽園』1 巻17行の 'Spirit' という呼び掛けは誰なのか，2) 同 3 巻 proem の光は誰か，3) 同 1 巻 6 行の Heavenly Muse を含め 7 巻 1 行，31行の Urania は誰かである。詩人は紛れもなく『失楽園』を書かしめよと Spirit に祈る。

そしてとりわけ汝聖霊よ，そなたは全ての寺院よりも真っ直ぐな純なる心を好み給うので，私に教え示し給え，そなたは知り給うが故に，そなたは初めからおわし，力強き翼をハトのように広げて，広大な深淵のうえで掻き抱き，それを胚胎せしめた。

And chiefly thou O Spirit, that dost prefer
Before all temples the upright heart and pure,
Instruct me, for thou knowst ; thou from the first
Wast present, and with mighty wings outspread
Dovelike satst brooding on the vast abyss
And mad'st it pregnant :

PL I , 17-22

ところが『教義論』では，先に見たごとく神のみが呼び掛けの対象であり，聖霊は神の贈物だから呼び掛けの対象ではなくむしろ祝福のそれである

と言っている（74頁参照）。この箇所は正に問題の核心ともいうべきところで，大方の学者の意見の分かれるところである。ある学者らは「第三位格」と取り，また他の学者らは「神の創造力」への呼び掛けと取っている[18]。周知のようにヘブル語のルアハ（*rûah*）は「霊」の他に「風，息，力」などの意味があるという[19]。ミルトンも『教義論』の中で，聖霊は，

時にそれは神の権能を意味する。特に全てを創造し養うあの神の息を意味する。

Sometimes it means the power and virtue of the Father, especially that divine breath which creates and nourishes everything.

Prose Works, VI, p. 282

という時，創世記の記述はもとよりヘブル語の語義をも意識してのことと思われる。とにかくミルトンは，ここで第三位格としての聖霊に呼び掛けているとは思われない。それよりはむしろ『教会統治の理由』（*The Reason of Church Government,* 1642）で「ムネモシュネーとその娘セイレンたちの祈り（インヴォケーション）によってかちえられるものではなく，あの永遠の霊に敬虔な祈りをささげることによってあたえられるものなのであります」[20]とある如く，未踏の叙事詩創作への祈願，paganism を意識しつつ，これを越えたいという意思表明，従って創世記 i：2 に基づく天地創造のミメーシスとしての「神の霊」即ち「全てを創り養う神の息」と取れる。よって100％信仰の対象として聖霊に呼び掛けているとは思われない。ミルトンは『教義論』で「呼び掛け」を別にすれば聖霊に12の機能を持たせ，非常に重視しているといえる。つまり片や「叙事詩の慣習」，片や「信仰の対象」ということで呼び掛けの意味内容が異なるのである。従って『失楽園』1巻17行の Spirit には，『教義論』の聖霊観も究極的には内包されよう。これはジャンルによる書き分け，manner の範囲内であり，平面的な撞着ではない。即ち詩作レベルの創作の霊への呼び掛けと信仰の対象としての呼び掛けの否定という両者の止揚の上にミルトンの聖霊観を見るべきであろう。

次いで3巻の光への呼び掛けについては，どうであろうか，諸説あるのを

承知の上で[21]要約的に言えば,創世記の記述よろしく,創造時の混沌を外套の如く被いたる汝光よと呼び掛ける時,

暗く深い海原より出たる新世界を外套にて被いたる如,無限の空しく形なきものを上からすっかり覆った。

...as with a mantle didst invest
The rising world of waters dark and deep,
Won from the void and formless infinite.

PL III, 10-12

いわゆる創世記の「神の霊」(ⅰ：2) と同一視しているととれるわけだが,これは『教義論』の記述と一致する内容だと思われる。即ち霊は光だということである。

a．時にそれ [聖霊] は,普通であれ度外れであれ真理の光を意味する。何故ならそれによって神がその民に光を与え導くからである。

b．時にそれは神がキリスト自身を照らす光をも意味する

a．Sometimes it means the light of truth, whether ordinary or extraordinary, with which God gives light to his people and leads them.

Prose Works, VI, p. 283

b．Sometimes it means also the light with which God illuminates Christ himself.

Ibid.

[　]：筆者加筆,以下同。

そして3巻の場面から考えても天国をよりよく描かしめ給えという祈願である。つまり創作の霊なる光ということであろう。

このように場に適わしく artificial に潤色されて，時にただ［聖］霊だったり，霊なる光だったりするが，聖霊とおぼしき詩神への祈りによって書かしめられているという枠組が確かにある。

さて，しかし問題は Heavenly Muse（I, 6, III, 19）こと Urania である（VII, 1. 31, cf. IX, 21 Celestial Patroness も視野に入れて）。これについてもさまざまな説が披瀝される。Kelley は正直に未決問題といい，しかし敢えていえばむしろ父なる神に近いとする[22]。William B. Hunter は御子との立場をくずさない[23]。N. Shaheen は『失楽園』は Urania を含めて，はっきり Trinity の第三位格の聖霊そのものに呼び掛けているのであり，『教義論』の聖霊とは別ものだと突き放した[24]。私は Steadman の説に賛成したい。彼は Urania は epic の decorum と調和させるための言葉ととり Spirit そのものではないが Spirit に先行し，いわば露払い（先に立って物事の先鞭をつけるもの）としてその贈物を象徴するようだとした[25]。第１巻では露払いと本体が共に出る（I, 6, 17）。だが７巻では Urania（1, 31, cf. IX, 21）だけである。ここではまた場に適わしく，天地創造と無関係とは思えない classical にはいわゆる「天文の女神」でありつつ，しかも classicism は否定される（thou / Nor of the Muses nine, VII, 6）。さりとて聖霊そのものはここでは出ない。露払いだけである。このように実質的に呼び掛けられる聖霊の，少なくとも呼び掛けとしては，Spirit という言葉は，一回切にしているところにも『教義論』の主張による抑制が働いていると言えないこともない。

次いで描写される聖霊としては，７巻の創造時の御子のお供として出て来る。

a．我が創造の力満てる霊と力をお主と共に私は遣わす
b．だが静かな水面には神の霊が掻き抱きたる翼を広げ，生かしめる力，生かしめる熱を注ぐ，流動の魂を貫いて。

a．My overshadowing spirit and might with thee
　 I send along,

PL, VII, 165-167

b.　　　　　...on the watery calm
　　His brooding wings the spirit of God outspread,
　　And vital virtue infused, and vital warmth
　　Throughout the fluid mass.

Id., VII, 234-237

ここは『教義論』の次のような記述と対比されよう。

そして聖霊，創世記 i. 2：抱きたる神の霊：つまり神の聖なる力，決して特別なペルソナでない。そのことは第6章「聖霊について」で示しておいた。もしペルソナなら聖霊の名が挙げられて，御子が何も言われないのは何故か。しかも御子の働きによって（しばしば読むところだが）万物が造られたというのに（但し，勿論当の聖霊がキリストでない場合だ。というのも御子は，私が明示した如く，旧約聖書では時に聖霊と呼ばれている）とにかく，たとえペルソナだと認めても，どうも従属的なものだったようだ。何故なら，神が天と地を創造した後，聖霊は既に造られた水面をただ掻き抱いていたのだった。

AND SPIRIT. Gen. i. 2 : the Spirit of God brooded, that is to say, God's divine power, not any particular person, as I showed in Chapter VI, Of the Holy Spirit. For if it was a person, why is the Spirit named and nothing said about the Son, by whose labor, as we so often read, the world was made ? (Unless, of course, the Spirit referred to was Christ, who, as I have shown, is sometimes called *the Spirit* in the Old Testament.) Anyway, even if we grant that it was a person, it seems only to have been a subordinate, since, after God had created heaven and earth, the Spirit merely brooded upon the face of the waters which had already been created.

Prose Works, VI, pp. 304-305

「対比」と言ったのは，明らかに詩の方には，先に見た「全てを創り養う

「神の息」の要素があり、この『教義論』の箇所では、もっとフラットに神の創造の後に「ただ搔き抱いていた」と述べられているからだ。これは同じ『教義論』内での矛盾とも見られようが、しかしこれも先に言った詩とこの種の散文のマナーの範囲内とみていいだろう。何故なら詩文でも、御子が主で聖霊が従として描かれていることは明らかだからだ（神が御子を相手に聖霊を三人称で語る。78ページの引用a 参照）。

次いで11巻のアダム（イヴを含む）を再生に導く「祈りの霊」を挙げねばなるまい。

> 新たに生まれた肉が言葉にならぬ吐息をもらし、祈りの霊が霊感を与えたその吐息は、最高に声高き弁舌より速く天国へ飛んでいった。

> ⋯new flesh
> Regenerate grow instead, that sighs now breathed
> Unutterable, which the spirit of prayer
> Inspired, and winged for heaven with speedier flight
> Than loudest oratory:
>
> *PL* XI, 4-8

ここは森田氏も指摘する[26]如く、『教義論』の記述がそのまま当てはまる。

> 再生とは、旧き人が滅ぼされ、神の言葉と霊により新たにされ、全き人の心があたかも新しくつくられた者のように神の像に回復される。さらに全き人は心身共に清められて、神に仕え、良き業を行うに至る。

> REGENERATION means that the old man is destroyed and that the inner man is regenerated by God through the Word and the Spirit so that his whole mind is restored to the image of God, as if he were a new creature. Moreover the whole man, both soul and body, is sanctified to God's service and to good works.

Prose Works, VI, p. 461

ミルトンの再生観の特色は「聖霊のもとで自然法［アダムに与えられた神の書かれざる法］は日々回復していく」ことであり，またそれによって「本来の自由意志を取り戻す」[27]ことにある。但し『失楽園』の物語の上では御子の受肉の前であるので，「神の霊」と思われるが，これは『キリストの霊』並びに17世紀の読者皆にも降るはずの助け主聖霊の予型ともいえる。

次いで助け主聖霊も『教義論』と一致する。

彼［救い主］は，天より信ずる者に神の約束なる助け主を送ろう。神はその聖霊を信者らの内に住まわせ，愛を通して働く信仰のおきてを彼等の心に書かしめ，全き真理に歩むよう彼等を導く。

  ...from heaven
He to his own a Comforter will send,
The promise of the Father, who shall dwell
His Spirit within them, and the law of faith
Working through love, upon their hearts shall write,
To guide them in all truth,

PL XII, 485-490

『教義論』では，

これら全てについては一言申せば十分でしょう。ただもし我々が御子を通して父なる神より送られたあの助け主聖霊について御子自身が教えてくれたことを思い出せば。聖霊は自らのことを語っているものでもなければ，自分の名において言っているものでもない。従って聖霊が自身の名で行うのでなくまた自身の名で人に語る力を与えるものでもない。そうではなく聖霊自身が受けたものを与えられたのだと我々に教え給うた。

A single reply will very easily dispense with all these, if only we remember what Christ himself taught us about that Holy Spirit, the Comforter, sent from the Father through the Son. He taught us that he does not speak of his own accord or in his own name, and that therefore he does not act in his own name or give the power of speech to others in his own name, but that what he gave he had himself received.

Prose Works, VI, pp. 292-293

この箇所は明らかにヨハネによる福音書16章13節（及び同15：26）と使徒行伝2章33節に基づいた記述である。『教義論』で前者を7回，後者を4回引用している。ここでは後者を引こう。

　それで，イエスは神の右に上げられ，父から約束の聖霊を受けて，それをわたしたちに注がれたのである。

日本聖書協会訳，以下同。

　ここで明らかになるのは聖霊のクロノロジーともいうべき事柄である。（ミルトンによれば，天地創造の前，御子の創造の後ということだが[28]）聖霊は初めからある。従ってその時点では一応「神の霊」と呼ぶことができる。次いで受肉のイエスが十字架上の死後，復活し，その後神の右に昇り，聖霊を神より受ける。従ってこの時点ではクロノロジカルには短いスパンながら，一応「キリストの霊」と呼べる。その後神の名代なる助け主としてこれを送ったということで「助け主聖霊」と呼べる。以上の順を箇条書きすると1）「神の霊」2）「キリストの霊」3）「助け主聖霊」という順になる。そして確かに以上のようなクロノロジーは想定できるわけだが，霊としてはどこまでも同じものだと解せられる。

　中間時に立つミルトンは，『失楽園』1巻で聖霊に呼び掛けた。歴史的に見れば「助け主」に。だが以上のクロノロジーを終末論的構造に基づく透視によって遡れば，結局はあのモーセに霊感を与えた「神の霊」に行きつく。ひいては epic の decorum に従った創作の霊に。7巻の創造の際の霊は言う

までもなく,「神の霊」であり, 11巻のアダムの再生を取り次ぐ「祈りの霊」は, 物語上では「神の霊」でありつつ,「キリストの霊」及び「助け主」の両方の type としての聖霊の役割も示している。また「助け主」については先に見た通りである。

『教義論』から例を挙げれば, 1)「神の霊」エゼキエル書37章1-14節「枯れた骨を生かし給う神の霊」。ミルトンはこの範囲から節は別々ながら2箇所引用している。「霊よ, 四方から吹き来れ。霊よ, これらの殺されたものの上に吹きつけよ。そうすれば彼らは生き返る」[29] (37:9)。ここはいわゆる「魂は肉体と共に死んで, 最後の審判の日に肉体と共に蘇る」という mortalist heresy (thnetopsychism とも) の証拠として。異端云々は別にしていえば「魂は肉体と共に死ぬが, 最後の審判の日に蘇る」と考えているのだから, 終末論的に見ているのは自明であろう。2)「わたしがお前たちのなかに霊を吹き込むとお前たちは生きる」[30] (37:14)。「全てを創り, 育む神の息」つまり「神の霊」の例証として。両方を付合せれば神の霊が終末論的構造を持っているということになろう。「キリストの霊」と「助け主聖霊」は次の引用によって例証できよう。

第二に, 福音の特別な恵みは聖霊であり,『主の霊のあるところには自由がある』(IIコリント3:17)からである。

Secondly, because the peculiar gift of the gospel is the Spirit and : *where the Spirit of the Lord is, there is liberty,* II Cor. iii. 17.

Prose Works, VI, p. 536

この「主の霊」(the Spirit of the Lord) は注解によれば「神の霊として我々の内に働くキリストの霊[31]」である。ミルトンによれば, この「自由」とは, 神の像に基づく理性による選択であり, 再生されて聖霊に与るかぎり, まちがえることのない選択であって, 最終判断にかなうものであるといえる。今一箇所,

このように聖霊は…キリストの霊とさえ呼ばれる。ローマ書 viii. 9：「キリストの霊を持たない者はキリストに属していません」

Thus the Spirit is called... even the *Spirit of Christ*.... Rom. viii. 9 : now if any man has not *the Spirit of Christ,* he is not his.

Ibid., Ⅵ, pp. 286-287

　この件は人の内なる神の霊（即ち助け主聖霊）はキリストの霊でもあるということを示し，ミルトンもそれを追認していることを示している。
　最後に聖霊が終末論的構造を持つと思われる聖句をミルトンが『教義論』でどういうふうに解釈しているかを見て，結びとしたい。それはエペソ人への手紙1章14節で，

この聖霊は，私たちが神の国をつぐことの保証であって，やがて神につける者が全くあがなわれ，神が栄光をほめたたえるに至るためである。

　「神の国」をつぐのはまさに終末時であり，「やがて」は終末を意味すると解せられる。この箇所は『教義論』に3回引用される。1）ミルトンなりの位格としての聖霊を説明した後，「その象徴：保証として」[32]とする。2）聖霊の性質・源・働きは，キリスト自身が教えてくれるという件で[33]。3）救済の保証の件で[34]。この保証としての聖霊を語る聖句について他にコリント人への第二の手紙ⅰ：22が4回，コリント人への第二の手紙ⅴ：5が2回それぞれ引用されている。[35]
　上記3）の救済の保証とは，言うまでもなく人が聖霊にあって生きるなら，終末時に救済される保証となるという意味に解せられる。このようなところを繰り返し記述しているところに『教義論』においても聖霊の終末論的構造が明らかに示されていると私は考える。
　以上の如く，神の霊，キリストの霊，助け主聖霊が，詩・散文（それも『教義論』）という枠組を，換骨奪胎すれば，それらは終末論的構造によるパースペクティヴによって重なりあっている。したがって『失楽園』と『教義

論』における不整合は，『失楽園』にあっては，マナーとしての装いを透か
し見，『教義論』にあっては，ドグマの骨に少し血肉を与えてみることによ
って，一応の理解が得られると考える次第である。
　一言でいえば，聖霊が『失楽園』を書かしめ，また聖霊が『教義論』を書
かしめ，それぞれのジャンルを換骨奪胎すれば，聖霊の終末論的構造におい
て通底しているということである。

注
序

1) この発題は，日本ミルトンセンター・第22回研究大会（1996年10月19日（土）同志社女子大にて）シンポジウムにて新井明氏より受けた質問に基づく。以下の本稿も同シンポジウムの発表原稿を基に加筆修正したものである。

2) *Clavis apocalyptica* (Cambridge, 1627), *Commentationes* (1632), cf. 注 8)

3) Geoffrey F. Nuttall, *The Holy Spirit in Puritan Faith and Experience* (Chicago : The University of Chicago Press, 1947), p. 109.（以後 Nuttall とする。）

4) Muggletonians, 1651年頃設立，ヨハネ黙示録11章 3 - 6 節の目撃者と称し，三位一体を否定する。キリスト受肉の間は，天国統治はエリヤに委ねられた。神はマグルトンらへの啓示の後は，この世に二度と干渉しないと信じ，祈りと説教を非難した。彼らはまた物が永遠であり，理性は悪魔のつくりものとした。*The Oxford Dictionary of the Christian Church,* ed. F. L. Cross and E. A. Livingstone (Oxford : Oxford University Press, 1984), p. 948.

5) *Of Reformation* (1641), *C. Ed.*, vol. III, p. 78. 再臨は,「間もなく」 ('shortly') 来るといわれる。*Areopagitica* (1644), *: Prose Selections,* ed. Merritt Y. Hughes, pp. 256-257.「刈り入れの時は近く主の民が予言者となるときが来たようだ」という。

6) 'who hold living in the Established Church before 1662 but are convinced Congregationalists* of a much more enthusiastic type than John Owen.'

Nuttall, p. 12.
＊組合派は，独立派という名称ほど政治的な色彩を伴わない独立派の別名である。
7) Nuttall, pp. 114-115.
8) *The Apocalypse in English Renaissance thought and literature* (*sic.*), ed. C. A. Patrides, & Joseph Wittreich (Manchester : Manchester University Press, 1984) p. 226. (尚，Mede の書は本書 p. 393参照。先の内容も本書に負う。)
9) *A Milton Encyclopedia,* Gen. ed. William B. Hunter, Jr. vol. V (Cranbury : Associated University Press, 1979), p. 134.

I

10) Maurice Kelley, *This Great Argument : A Study of Milton's 'De Doctrina Christiana' as a Gloss upon 'Paradise Lost'* (Gloucester, Mass. : Peter Smith, 1962), pp. 106-118, esp. p. 106. (以後 *Argument* とする) Barbara K. Lewalski, "Forum : Milton's *Christian Doctrine,*" *Studies in English Literature* 32 (1992), pp. 143-154, p. 150.
11) William B. Hunter は次の諸論文で『教義論』のミルトンの authorship に疑義を提出している。1. "The Provenance of the *Christian Doctrine,*" *Studies in English Literature* 32 (1992) : 129-166. (以後 *SEL* とする) 2. "The Provenance of the *Christian Doctrine* : Addenda from the Bishop of Salisbury," *SEL* 33 (1993) : 191-207. 3. "Forum II : Milton's *Christian Doctrine,*" *SEL* 34 (1994) 153-203, esp. pp. 195-203.
12) '…to attain to the full liberty of the Holy Spirit, was a powerful eschatological consciousness'. Nuttall, p. 108.
13) cf. ① *Prose Works,* VI, p. 292, 'Secondly, omnipresence ; on the grounds that the Spirit of God lives in us.' ② *Paradise Lost* ed. A. Fowler 'Say first, for heaven hides nothing from thy veiw/Nor the deep tract of hell,' *PL* I . 27-28「先ずいえ，というも天国は汝［聖霊］の目より何も隠さず，地獄の深き地もまた」[ ]：筆者加筆，以下同。
14) 'the Spirit which is given to us is a more certain guide than scripture'.

Prose Works, VI, p. 589.

15) 幼児洗礼については，*Prose Works,* VI, pp. 544-545, p. 682参照。cf. Nuttall, p. 98.

16) A person for whom requests are addressed to the Father, and who is given by the Father, not by himself, cannot be a God nor an object of invocation. *Prose Works,* VI, p. 295.

II

17) 『教会統治の理由』新井明他訳（未来社，1986年），107頁。(以後『教会統治の理由』とする。)

18) 前者には，C. A. Patrides, *Milton and the Christian Tradition* (Oxford: Clarendon Press, 1966), pp. 45-46及び Naseeb Shaheen, "Milton's Muse and the De Doctrina," *Milton Quarterly* 8 (1974), 72-76, 後者には, Kelley, *Argument,* p. 109, *Poetical Works* ed. Douglas Bush (Oxford: O. U. P., 1966, repr. 1987), p. 212n. 等がある。

19) *The Interpreter's Dictionary of the Bible,* ed. G. A. Buttrick (N. Y.: Abingdon Press, 1962) vol. 4, p. 432及び vol. 2. p. 627 及び J. モルトマン『いのちの御霊』蓮見和男　他訳（新教出版社，1994年），69-72頁，及び 464-465頁参照。

20) 『教会統治の理由』，107頁。

21) 拙稿「ミルトンの光—『失楽園』3巻の proem における—」『獨協大学英語研究』第35号（1990年2月）167-180頁。178頁注1参照。

22) *Argument,* p. 116 "The identity of Urania, therefore still remains an unsettled question." 更に *Id.* p. 117 "Thus, it would seem, the *De doctrina* suggests a close relationship between the Muse and Milton's concept of God the Father."

23) William B. Hunter *et al., Bright Essence: Studies in Milton's Theology* (Salt Lake City: University of Utah Press, 1971), pp. 149-156. *The Descent of Urania: Studies in Milton, 1946-1988* (Lewisburg: Bucknell U. P., 1989), pp. 31-45.

24) Naseeb Shaheen, "Milton's Muse and the *De Doctrina", Milton Quarterly*

vol. 8. No. 3 (Oct. 1974), pp. 72-76.
25) John M. Steadman, *Milton's Biblical and Classical Imagery* (Pittsburgh: Duquesne Univ. Press, 1984), p. 119. "…she [Urania] seems to symbolize a *gift* of the Spirit —— the power of sacred *utterance* —— rather than the Spirit itself." イタリック：筆者
26) 森田勝美「人の内に働く霊―アダムと『失楽園』の読者」『愛媛大学教養部紀要』第14号 (1981), 55-71頁。特に59-60頁, 及び64-65頁。
27) *Prose Works*, VI, p. 462, p. 516. *C. Ed.*, XV, p. 371, XVI, p. 101. cf. Arthur Sewell, *A Study in Milton's Christian Doctrine* (Oxford: O. U. P., 1939, repr. 1967), pp. 72-73. もとよりこの自然法は, 神の像に起源を有し, 正しき理性と結局は同じものとミルトンはみなしている。(*Prose Works*, VI, p. 353. *C. Ed.*, XV, 115-117.) 従って自由意志を取り戻すのは当然の成行きなのだ。何故なら正しき理性のもとで自由意志は健全に機能されるものとされているからである。従ってprelapsarianにおいては, 自然法もしくはright reasonは聖霊と重なりあっているともいえよう。但し堕落後は法又理性 (神の像, 自由意志) は曇らされて, とても自慢できるものではなくなるが, 完全には破壊されず, 残っていて再生に与るものは聖霊の働きによって回復されるというのである。
28) *Prose Works*, VI, p. 298, cf. *PL*, I, 19-20 *C. Ed.* XIV, p. 403.
29) *Prose Works*, VI, p. 408, *C. Ed.*, XV, p. 239.
30) *Prose Works*, VI, p. 282, *C. Ed.*, XIV, p. 361.
31) *The Interpreter's Bible*, vol. 10 (N. Y.: Abingdon Press, 1953), pp. 311-312, 及び『新約聖書略解』(日本基督教団, 1958年), 560頁。
32) *Prose Works*, VI, p. 286, *C. Ed.*, XIV, p. 371.
33) *Prose Works*, VI, pp. 286-287, *C. Ed.*, XIV, pp. 373-375.
34) *Prose Works*, VI, p. 505, *C. Ed.*, XVI, p. 75.
35) IIコリントi: 22 : *Prose Works*, VI, pp. 230-231, 287, 289, 503, *C. Ed.*, XIV, pp. 235, 375, 379 ; XVI, p. 68, IIコリントv: 5 : *Prose Works*, VI, p. 413 (2回), *C. Ed.*, XV, p. 247 (2回)。

ミルトンの天使再考
―― 『失楽園』を中心に ――

序

　現代人には来世がなくなってしまった。これが過去の偉大な文学作品を理解できなくさせている。特に叙事詩を，例えば Homer (c. 8c. BC), Virgil (70～19 BC), Dante, Milton, 等の諸作品を。「天に召された」というのは死んだということであり，死は終り，もう何もない，ただ土に返るのだと普通の現代人なら考えるだろう。葬式は信じていなくとも何らかの宗教で行われることが多いが，一方でさまざまな形での無宗教でなされることが，近年流行りつつあるのも正にこういう思いから発していると思われる。

　現代ではオカルトならいざ知らず，学問として天使を扱うのはちと気が引ける。しかし近年稲垣良典氏の『天使論序説』なるものが著わされ，オカルト本の大海に一縷の学問的香を放っている[1]。筆者は先にミルトンの聖霊観を扱った際に，同時に天使の存在論的側面[2]についても合わせて考えなければ片手落ちだと気付かされた。そこで今一度ミルトンは主として『失楽園』の天使に何を担わせ，何を意味したのか問うてみることにした。『失楽園』には兎に角天使がよく出てくる。アダムとイヴが中心のキャラクターであるのはいいとして[3]，他に何故天使が多く出てくる必然性があるのか。現代の読者を近づき難くさせている原因の一つとも考えられるので，これを解きほぐし『失楽園』を身近なものにしたい。これが本稿執筆の主な動機である。

　存在の根拠は，聖書によれば「私は有って有る者」（出エジプト記 3：14）にある。勿論これがヤーウェなる神の名の由来とされるが神が神として一者に留まり，神秘なる観想のみ行っているのであれば，何も起りはしなかったであろう。神はまた生成を行ったとされる。いわゆる創世又は天地創造である[4]。「中心から周辺に掛けられ，そこにある被造物全体に思いを馳せつつ

一歩一歩神へと昇る自然の梯子」(『失楽園』5巻509-512, 私訳, 以下同)である。神を至高とし, ついでより上位のものが知的存在こと天使でありついで理性有る存在人間, 感覚的存在動物, 生命有る存在植物, ついで鉱物には無生命を想定した。これを通常「存在の連鎖」(the chain of being) というが, オッカム (William of Occam, c. 1285-1347/9), ヒューム (David Hume, 1711〜76), カント (Immanuel Kant, 1724〜1804) 等に駆逐されながらも19世紀のユゴー (Victor Marie Hugo, 1802‐-85) にまで生き延びた世界観であった[5]。

さて『失楽園』に話を移すと, 御子が天使に勝ることは「天上の戦」が示す通りで, 御子の優位は当然視した上で (PL VI, 699-709), 私の仮説は, 人間の目指すべき一段上の理想の形としての天使の存在があり[6], それ故にミルトンがこれをあのように vivid に且つ visual にイメージした理由なのだと言いたい。ただ創造論に関する限りプラトニズムの二元論は廃され, ミルトン独自の一元論が展開される。これを Madsen はかつて typology で説明した[7]。そして Swaim は prelapsarian においてはプラトニズムが支配し, postlapsarian においては typology が支配するとした[8]。しかし筆者は更にガリレオ (Galileo Galilei, 1564〜1642) に代表される啓蒙科学主義 (例えば, 月は地に似る) による逆類推が, ミルトンの天使描写にも反映していると言いたい。勿論古典叙事詩の慣習に則った語り手という重要な役割も担わされているのは言うまでもない。方法としてはどこまでも原文読解にこだわって, 先ず『失楽園』のなかで天使の言及のあるところを順を追って辿り, ついで諸説を検証しつつ, 上の仮説を改めて論証したい。

I

1) というのも天使らがこの可視の創造のずっと前にいたということは, 多くの古代教父らの意見だった。

   for that angels were long before this visible creation, was the opinion of *many* ancient Fathers.[9]

Book I Argument, *ll.* 22-23

　天使が何時からいたのかについての重要なコメントである。アーサー・O・ラブジョイ によれば，これは二重創造ということになる。初めに霊的存在（つまり天使ら）を創り，これに欠陥が生じたのでこれを補うためにいわゆる天地創造を行なったのであると[10]。ミルトンは「多くの（'many'）」というが，ある注解者は5人の名を挙げる[11]。なるほど5人は多いかもしれないが，これは決して多数派ではなかった。普通の意見は天使創造をいわゆる天地創造の中に含めて考えたのである。そして第一日目の光の創造のなかに含めて考えるのが有力だった[12]。

2) この清火の物質は滅びることがない。

　　this empyreal substance cannot fail,

　　　　　　　　　　　　　　　　　　　Ⅰ, 117

　サタンが地獄に落されても，尚滅びずと豪語するところ。ここでは天使の不滅性が先ず留意されねばなるまい。ついで天使が何でできているのか，答えは火ということになる[13]。同様の表現は6巻433行 "empyreal form" にも見られ，更に似かよった表現は6巻330行 "ethereal substance" にもある。エーテルは，第五元素（quintessence）とも同一視され，光とも同一視された（Ⅶ, 243-244 "light... quintessence pure", Ⅵ, 660 "purest light"）。と同時に天界を満たす精気であるところから，形容詞の "ethereal" は "heavenly" と同義であった（Ⅲ, 716 "this ethereal quintessence of Heaven"）

3) というのも霊たちは好きな時にどちらの性もあるいは両性も装うことができる。彼らの純なる本質はそれほどしなやかで，自在であり，関節や肢体で束縛されず，また折れやすい骨や同じく扱いにくい肉からできておらず，伸びたり縮んだり，輝いたり暗くなったり，好きな形を採り，空中での目的を果

たし，愛また憎しみの技を遂げる

> For spirits when they please
> Can either sex assume, or both; so soft
> And uncompounded is their essence pure,
> Not tied or manacled with joint or limb,
> Nor founded on the brittle strength of bones,
> Like cumbrous flesh; but in what shape they choose
> Dilated or condensed, bright or obscure,
> Can execute their airy purposes,
> And works of love or enmity fulfil.
>
> Ⅰ, 423-431

　地獄の堕落天使（実は異郷の神々）のいわゆる epic catalogue の途中で差し挟まれる天使についての解説である。ここでは多分に異郷の神々がさまざまな性を採ることの言い訳といった趣である。十戒の 1, 2 戒を意識した言説だが，主として聖書に頻出するパレスチナ近隣の可視の偶像が堕落天使に擬せられているのが面白い。ここから引き出せる天使の性質は（1）純なる本質（*l*. 425 "essence pure"）から成り[14]，（2）伸縮自在であり (cf. Ⅳ, 985-987)，（3）明るくなったり暗くなったり (cf. Ⅳ, 977-979)，（4）あらゆる性を採ることがわかる。但し明暗は天使の善悪をも反映する。

　もともと清純にして，いとも純なる光の天使らも，今や罪により暗くなった。

> ... though spirit of purest light,
> Purest at first, now *gross* by sinning grown.
>
> Ⅵ, 660-662
イタリック：筆者，以下同。

4）このようにして無形の霊たちはその巨大な体軀を最少に縮めた。

> Thus *incorporeal* spirits to smallest forms
> Reduced their shapes immense,
>
> Ⅰ, 789-790

　3）の（2）の縮小の例示でもあるが，ここで重要なのは"incorporeal"である。実はこれがミルトンの天使理解の鍵を握っているからである。この件は注意深い読者なら戸惑うに違いない。何故形のない霊が巨大な体を持っているのか，形がないなら体もないのではないかと。だいたい霊とは見えないものだろうから体という見えるもので表現すること自体合点がいかないと。poetic fiction（作りごと）だというのが一つの答えだが，そういう要素があるのも確かだがこの問題はなかなか奥が深いのである[15]。

　カソリック（スコラ）の天使は純粋精神との考えに対し[16]，ミルトンは先の二重創造（天使が万物に先だって創造された）であるにしろ，創られたものは全て第一原質（one first matter, V, 472）よりなり，被造物である以上は全て可視（corporeal）だと考えるのだという[17]。言葉の上でははっきり'incorporeal'とあるのにこれを全体の文脈の中で究極的には可視的なことと解すべしというのは，現代人には到底理解不能なことだろうが（引用13）参照）角度を変えて考えると少しわかる。ミルトンは通常ピューリタンと言われる。これは紛れもなくプロテスタントの一派を意味する。ところでプロテスタントはルターやカルヴィンに代表される如く，聖書以外は全て偶像崇拝ということで廃した。聖堂崇拝も，マリア崇拝も，聖人崇拝も，教会の職階制も，そして天使崇拝も例外ではなかった。ミルトンのangelic substance (ether)[18]の考えもある意味でピューリタン的（天使崇拝をしない[19]）妥協と見られる。エーテルは極めて希薄なので純粋で心の清いものにしか見えないが[20]，それでもそれは物質は物質だということなのだろう[21]。さもないと天使が神格化されることになるのだ。

5）そして天使等は再び冠を被り
　　黄金の竪琴を取った。竪琴は常に

整えられ，矢筒の如くに己が脇に
きらきらと掛かり，妙なる交響曲
の序曲を奏でる。そして聖歌を歌い始め
高揚の歌声へと導く。
声という声よく和して各パートを務める。
このような調和が天にはあるのだ。

> Then crowned again their golden harps they took,
> Harps ever tuned, that glittering by their side
> Like quivers hung, and with preamble sweet
> Of charming symphony they introduce
> Their sacred song, and waken raptures high;
> No voice exempt, no voice but well could join
> Melodious part, such concord is in heaven.
>
> III, 365-371

　ピタゴラス（Pythagoras c. 582～c. 500 BC）に由来し，プラトン（Plato 427～347 BC）に受け継がれ，中世・ルネッサンスを経てミルトンにまで及ぶ例の「天球の和音」（*harmonia mundi*, world harmony)[22]，但し『失楽園』ではその担い手はサイレン（"celestial *Sirens* harmony, that sit upon the nine infolded spheres" *Arcades*, 63）ではなく，天使達である。調和は完全の image であり，且つこれを聞くものは（そして堕落前のアダムらは聞いたのだが）救済に与るのである[23]。

6）　高い建物が壮麗な階段を備えて天の壁まで
　　昇り続き，その頂にはだが，まるで王宮の
　　門の如き建物がずっと豪華に見えてきた。
　　切妻には金とダイヤが鏤められ，門扉には
　　きらきら光る宝石が輝いていた。それは筆舌
　　に尽くせぬ並びないものであった。その階段

はヤコブが*輝ける守護天使の昇り降りする*のを
見たもののようであった。ヤコブはエソウから
逃れてパダン・アラムへと向かいルズの野で
夜，晴れた空の下，夢を見，そして目覚めて
叫んだ。「これは天国の門だ」と。

    Ascending by degrees magnificent
    Up to the wall of heaven a structure high,
    At top whereof, but far more rich appeared
    The work as of a kingly palace gate
    With frontispiece of diamond and gold
    Embellished, thick with sparkling orient gems
    The portal shone, inimitable on earth
    By model, or by shading pencil drawn.
    The stairs were such as whereon Jacob saw
    Angels ascending and descending, bands
    Of guardians bright, when he from Esau fled
    To Padan-Aram in the field of Luz,
    Dreaming by night under the open sky,
    And waking cried, This is the gate of heaven.
                                      III, 502-515

　サタンが楽園目指して飛行中，ついに地球を取り巻く九層の宇宙の外側に辿り着く，そしてはるかに地平線を見はるかす手前のところで出会う光景である。天国の門の壮麗さと共にヤコブの夢の梯子になぞらえられつつ，壮大な空間的に連なる「階段」(*l*. 502 by degrees, *l*. 510 The stairs) と比喩として天使達が間接的に紹介される。天使総勢として。このヤコブの梯子の箇所は普通ダンテとの比較やホーマーの金の鎖との同一視が指摘されるが[24]天使を考える上でも無視できない重要な箇所である。「存在の梯子」のいわば象徴的なお披露目として。勿論錬金術や神智学との関連も云々されるが，今

はそこへは深入りしない。

7) 起きている時も眠っている時も
　　たとえ人目に付かずとも，幾千万もの天使
　　らがこの地上を歩く，これら全て
　　日夜創り主の業を見て，絶えず誉め讃える。
　　一体幾度，崖や茂みから真夜中の空に響く
　　ソロや合唱にて創り主を誉め讃える
　　天の歌声を聞いたことか。見張りや
　　夜回りをする時も，時に隊をなし
　　天の楽器より出る妙なる楽の音に合わせて
　　完全に調和した歌を合唱するので，
　　その歌声は夜警交代の時刻を知らしめ，
　　我らが思いを天に向かわしめる。

　　Millions of spiritual creatures walk the earth
　　Unseen, both when we walk, and when we sleep :
　　All these with ceaseless praise his works behold
　　Both day and night : how often from the steep
　　Of echoing hill or thicket have we heard
　　Celestial voices to the midnight air,
　　Sole, or responsive each to other's note
　　Singing their great creator : oft in bands
　　While they keep watch, or nightly rounding walk
　　With heavenly touch of instrumental sounds
　　In full harmonic number joined, their songs
　　Divide the night, and lift our thoughts to heaven.

　　　　　　　　　　　　　　　　　　　　　　IV, 677-688

　　一種のアミニズムを思わせる記述である。事実この箇所をネオプラトニズ

ムの『ヘルメス文書』(*Hermetica, c.* 3c BC-AD 3c) の影響の evidence として挙げる向きもある[25]。つまり四元素に住むと言われる精霊ダイモーン ("daemon")、そのうちの空中に住む者に当たると取れるわけなのだろう。これはネオプラトニズムの特徴である混合主義 ("syncretism") で先のピタゴラス起源の天球の和音と共に、更には聖書そのもの(ヨブ記38：7、詩編148：2等)にも類似の記述を求めることができる。そしてこの vision が教会の交唱聖歌の起源となっており、ミルトンもこれを先人に学んだことは多くの注解者の指摘するところだ[26]。但しここは堕落前の楽園での vision であることも留意しておく必要があるが。

8) かの純なる知的存在天使らも
   理性的存在たる人間の如くに
   食物を必要とする。そして両者は
   内に全て下位の感覚器官の機能を有し。
   即ちそれにより、彼らは聞き、見、嗅ぎ、
   触れ、味わい、消化吸収し、同化し、
   形あるものを無形なものにかえる。

   ... food alike those pure
   Intelligential substances require
   As does your rational; and both contain
   Within them every lower faculty
   Of sence, whereby they hear, see, smell, touch, taste,
   Tasting concoct, digest, assimilate,
   And corporeal to incorporeal turn.

   　　　　　　　　　　　　　　　　　　　V, 407-413

ミルトンの天使(ラファエル)はイヴの備える食物を摂る。そのこと(つまり霊という無形のものが食物という物質を摂取すること)の弁解とも聞こえるが、後にも出るように単にそれだけではない。ここで重要なのは、天使

も下位器官の機能を含み持つということである。もっと言えば天使と次なる人間との間に連続性があるということ。この考え方はこの時代にあっては別にユニークな見解ではなかったということは初めに少し述べたところだ。但しミルトンは霊と肉との二元論を究極的には，排し，天使（霊）を含め，全てが一つの物質で下から上まで連続して造られたものとする点で異なる[27]。更なる詳細は後段に譲る。

9) そこで彼らは坐り
　　食事を食べ始めた
　　神学者どもの普通の解釈
　　即ち天使は見かけでまた霞の如く
　　というのでなく，*本当の空腹*から
　　いかにも迅速に且つ*化体*する
　　消化作用の熱を起して。

...So down they sat,
And to their viands fell, nor seemingly
The angel, nor in mist, the common gloss
Of theologians, but with keen despatch
Of real hunger, and concoctive heat
To *transubstantiate,*

V, 433-438

旧約外典の一つに「トビト書」というのがあって，そこでは「ラファエルがトビト父子に，私は何も食べなかったのだ。お前たちが私が食べたように思ったのは幻影に過ぎなかったのだ（12：19）[28]」という主旨のことが書かれているので，これを根拠に普通は仮に食事をしたのだ（仮現説）と唱えた。ミルトンはこれに反撥している。但しこれは必ずしもミルトン独自の見解ではなく，カルヴィンにも先例がある。但しカルヴィンも「本当に食べた」とはいうが「空腹」という点は否定している[29]。

更にここで留意すべきはカソリックの化体（transubstantiation）説をミルトンが暗に偶像破壊していることである。食事は単に食事に留まらない。宗教がらみに聖餐の話になる。ご承知のようにカソリックでは，最後の晩餐をサクラメント（秘跡）の一つに数え，パンと葡萄酒をいただくことを聖体拝領（Holy Communion）と言って，ミサ（礼拝）の中核に据えた。パンは見かけはパン（これを偶有性 accident という）だが，司祭の言葉によってキリストの体に変わる（つまり化体する 'transubstantiate', V, 438）とする。これに対しミルトンは『教義論』で次のように言う。

とりわけ化体そしてカソリックの人食いは，理性，常識，人間の振舞に全くなじまない[30]。

即ちパンが本質を変えて，本当にキリストの体になるのなら，それを拝領する（つまり食う）のだから人食い人種になるというのだ。そしてミルトンがこの食事の場面で言っていることは，通常の食物の消化そのものが化体だということであって[31]，誠に現代でも受け入れやすいことを言っていることになる。ラファエルは天使，つまり神の使いということだから，他の聖書の箇所にもよくあるようにアダムは神と食事をしているとも解せるわけで，現代医学をもってしても，人体の消化のメカニズムがミクロな神秘的な世界を思わせるように，消化そのものがサクラメントだと言っているようだ[32]。その直ぐ後に続く言葉にあるように，食物の消化という極めて実際的なことを錬金術になぞらえて語ることによって，間接的に錬金術にも懐疑を示していると言えよう。食物の消化が神秘的なように，錬金術師らが卑金属を金に変えるなどと夢想するのも無理はないと。

10)　あゝアダムよ，唯一全能なる神がおわし
　　　その神から万物が造られ，また全ては全き
　　　善に造られたが故，もし善より堕落せざれば，
　　　神のところに昇り帰る。全ては同一原質より
　　　成り，無機物であれ生物であれ，さまざまな

形，度合に造られる。だが生物は段々に洗練
され，より霊を帯び純粋になり，神に近づくに
つれて個々の活動領域に定められ，ついに体は
それぞれの種に応じた領域で霊に至らんと努める。
そのように根から緑の茎が軽やかに生え，茎から
葉が更に軽やかに出で，ついに美しい究極の花が
香気を放つ。花そして果実，それらは人の滋養物
だが，段々に梯子を昇って，生物的，動物的，
知的状態に至り，生命，感覚，悟性を与う。
そういうところに魂は理性を授かる。且つ
推理的であれ直観的であれ，理性がその本質なり。
そなたのものはしばしば推論，我らのものは
優れて直観なり。程度の差こそあれ本性は同じ。

O Adam, one almighty is, from whom
All things proceed, and up to him return,
If not depraved from good, created all
Such to perfection, one first matter all,
Indued with various forms, various decrees
Of substance, and in things that live, of life ;
But more refined, more spiritous, and pure,
As nearer to him placed of nearer tending
Each in their several active spheres assigned,
Till body up to spirit work, in bounds
Proportioned to each kind. So from the root
Spring lighter the green stalk, from thence the leaves
More airy, last the bright consummate flower
Spirit odorous breathes : flowers and their fruit
Man's nourishment, by gradual scale sublimed
To vital spirits aspire, to animal,

To intellectual, give both life and sense,
Fancy and understanding, where the soul
Reason receives, and reason is her being,
Discursive, or intuitive; discourse
Is oftest yours, the latter most is ours,
Differing but in degree, of kind the same.

V, 469-490

　ミルトンの存在論が余すところなく開陳される。1）先にも述べた全てのもの（天使も含む）の第一原質（one first matter, *l*. 472）による創造。低位なる存在から高位なる存在への上昇が　2）植物の成長に譬えられる。3）天使と人の違いは程度の差であって，本性（kind）の違いではない。
　先ず1）の一元論の背景には，人間の魂の理解の相違がある。当時の有力な見解の一つはネオプラトニズム，ひいてはケンブリッジ・プラトニストのそれで，霊魂の不滅を唱えた。即ち人は死ぬ。その時滅びるのは体だけであって，霊魂は不滅だと考えたのである[33]。それに対し，ミルトンは霊魂と肉体を区別せず，全体として捉えた。従って死ぬときは全体として死ぬのであって，霊魂だけ残って不滅であるということはないとした[34]。ここから連鎖の順は人間から天使へと変わりはないものの，明らかな違いが生じてくる。即ちもともと不滅な人間の霊魂が天使（即ち不滅の霊）へと高められるというのでなく，体と共に人の霊は死ぬが，それでも高められれば天使の如くになるというのだ。2）食物の成長と存在の梯子の対応は，以下のようになろう。（1）natural spirits (root), (2) vital spirit (stalk), (3) animal spirit (leaves), (4) intellectual spirits (consummate flower)[35]。(4) の 'intellectual' が天使対応の存在領域（必ずしも場所ではない）で，人間も堕落しなければ到達可能な領域ではあった。(3) の 'animal' は誤解しやすいのだが，ラテン語の *anima* に由来し，'mind, soul' を意味する。これは動物，人間，天使も共有する領域ということになる[36]。3）の人間と天使の落差の話は，ミルトンもここでは楽園での話ということになろう。つまり人間界に死はまだ未経験ということだが直線的な上昇（昇格）で，程度の違いで

質の差でないとする。だが物語上のことを別にして,「人間は死すべきもの」の立場で考えれば,これは誠に夢のある話で,何故なら当時の通説の如く人間の不滅な霊魂が不滅な霊そのもの,つまり天使に昇げられるのではなく,一旦眠った(死んだ)霊が不滅な霊そのものになるという方が,ギャップが大きく,それだけ喜びも大きいことになる。アダムがミカエルの予見の後に発した讃美はそのような性質のものであった。勿論天使に直接なるという話でなく,御子の贖罪を踏まえての話しではあるのだが,紆余曲折を経て「生命が完成する」('to perfection' *l*. 427)。その生命体は天使の如きもの(cf. マルコ12：25「彼らが死人の中から蘇る時には…彼らは天にいる御使いのようなものである」)というイメージが背後にあると解する。次項参照。

11) やがて人は天使と共に
　　相応しき十分な食事を
　　とる時が来よう。そして
　　この体の滋養物から変えられて
　　ついには,そなたの体は全て霊となろう。
　　時が経てば,清められて我らの如く
　　翼が生え空中を飛翔し,好みにより
　　ここ地上の楽園または天国の楽園に
　　住む時も来るであろう。

　　　…time may come when men
　　　With angels may participate, and find
　　　No inconvenient diet, nor too light fare :
　　　And from these corporal nutriment perhaps
　　　Your bodies may at last turn all to spirit,
　　　Improved by tract of time, and winged ascend
　　　Ethereal, as we, or may at choice
　　　Here or in heavenly paradises dwell ;

　　　　　　　　　　　　　　　　　　　　V, 493-500

この天使との楽園共在の話は，所詮堕落してしまうので夢と帰すると解するのか，又は堕落・悔悛を経て再びこの夢を現実のものとするというのか，意見は分かれよう。特に楽園に纏わるものをこの世の秩序ある仕組みのメタファーと解するとき（政治的な読みは常にそうであった，アンシャンレジームである王政や英国国教会など），そこでは堕落し悔悛した彼方の荒野には，再び同じ楽園に回帰するという発想は生まれない。むしろそれは直線的な意味における「楽園脱出」ということになる。政治的には自由や共和制や個人主義ひいては遠く民主主義へと向かう道を指向することになる。だが果たして本当にそうか。確かにミルトンは生涯に渡って三つの自由を主張した。1）離婚に纏わる家庭の自由，2）暴君は廃位しうるという政治的自由，3）どのセクトにも一理の真があるという宗教的自由である。初めに言ったように現代には来世がなくなってしまった。その観点からは 1）の家庭の自由と 2）の政治的自由だけが脚光を浴びることになる。そして散文はもとより詩においても専らその読みだけが横行している。しかしミルトン自ら言うごとく 1）と 2）は左手の業（*Prose Works,* III, 1, p. 235）なのであって，私は 3）の宗教的自由こそミルトンが一番重んじたものだと言いたい[37]。その立場からは，確かにカソリックの神秘主義からはほど遠いけれども，ミルトン独自の他界主義があると思うのだ。心の清いものは高められて天使の如くになるというのは決して堕落後に捨て去られた夢ではなく，再生の後に改めて与かれる目標なのだ（'A paradise within thee, happier far', XII, 587）。このようにミルトンにあっては，霊魂の死というかなりな断絶があるにも関わらず，尚常に天使が人間の一段上の理想の姿としてイメージされていると思うのである。更に 7 巻157-162参照。

12)　中心から周辺に掛けられ
　　　そこにある被造物全体に思いを馳せつつ
　　　一歩一歩神へと昇る自然の梯子

　　　the scale of nature set

From centre to circumference, whereon
In contemplation of created things
By steps we may ascend to God.

V, 509-512

　自然（nature）は存在（being）と共に被造物（created things）の今一つの名称に過ぎない。ここはアダムがラファエルの言葉を受けて応答するところ。問題は天使がこの中に入るのかということだが，結論から言えば入ることになる。ただ確かにバリアーは幾つか設けられている。1）ラファエルは次に見るように霊的なことを具体になぞらえて語ると言い，一応区別を意識している。2）ラファエルは地上の楽園に降るが，これはかつて堕落天使らが天国にいた所なのだから，楽園は天国の一部に違いない。これまた『教義論』によっても裏付けられる。

　　至福に与る者の天国はこの至高天の一部であるようだ。時にそれは楽園と呼ばれる[38]。

　勿論ここで意識されているのは，当時のアリストテレスの世界観であって，自然とは月下界（sublunary world）を意味し，絶えず変化する世界だというそれである。即ち楽園が天国の一部であるのなら変化とは無縁の世界ということになり，事実堕落以前は常春の至福の世界ということになっている。こういう環境のなかにあって，ラファエルは先に見た如く，天使と人間とは程度の差であって，本性の違いでないと宣うた。ところでアダムは堕落し一蓮托生の自然にも変化が生じる。人も自然もsublunaryに降ることになる。そしてバリアーは厳しく御子の執り成し無しには修復不可能である。このように堕落によってバリアーはできるが，これとて乗り越える道が 'types and shadows' (XII, 232-233) によってきちんと啓示される (11, 12巻)。神へと昇る自然の梯子は依然として有効である。これは換言すれば人が天使の如くなることでもある。ところで天使は二重創造であるにしろ第一原質よりなっているものの一つと解されるので被造物である。被造物なら自然の一部とい

うことになる。かくてアリストテレスに由来するこの時代の世界観は，ミルトンによって天へと突き抜かれてしまっているとも言えよう[39]。

13) 闘う霊たちの見えない功績を
　　　人にわかるようどうして語れようか。
　　　落ちぬうちは全き栄えある数多のものらの
　　　転覆を哀れみの情なくいかに。更には
　　　おそらく漏らすべからざる他界の秘密を
　　　どうして明らかにできようか。だが
　　　お前のためにこれを述べよう。人の感覚の
　　　届かぬところは，いとよく示せるよう
　　　霊のことどもを具体になぞらえて語ろう。
　　　尤も*地はただ天国の影に過ぎず*，地上で思う
　　　以上に両者は互いに似ているのだが。

　　　... how shall I relate
　　　To human sense the invisible exploits
　　　Of warring spirits; how without remorse
　　　The ruin of so many glorious once
　　　And perfect while they stood; how last unfold
　　　The secrets of another world; perhaps
　　　Not lawful to reveal ? Yet for thy good
　　　This is dispensed, and what surmounts the reach
　　　Of human sense, I shall delineate so,
　　　By likening spiritual to corpoal forms
　　　As may express them best, though what if *earth*
　　　Be but the shadow of heav'n, and things therein
　　　Each to other like, more than on earth is thought ?

　　　　　　　　　　　　　　　　　　　　　V, 564-576

4）で一度述べているので poetic fiction の話はここでは省く。またラファエルが詩文では 'proper shape' を持ち6翼の 'seraph' の一人（V, 276-277）であって，語り手の一翼を担っていることは改めて言うまでもあるまい。ここで問題にしたいのは「地が天の影」という言葉で象徴的に示されているように，プラトニズムの関連で，天に属する天使が地に属する人間の idea なのかという問題である。今まで見て来たところに既に十分状況証拠は整っている。3）の 'their essence pure' I, 425, 10）の 'Till body up to spirit work' V, 478, 11）の 'Your bodies may at last turn all to spirit... winged ascend / Ethereal, as we,' V, 497-499 特に最後の 'we' はラファエルを含む天使達のことであるのは自明である。そこであとはプラトン側の根拠を求めれば十分であろう。これについてはかつて Irene Samuel が天使こそプラトニック・エッセンスだとして次のように言う。

『失楽園』の天使らの内に（中略）プラトンの精髄（エッセンス）が「天の智性（天使）」に変えしめられているのがわかる[40]。

　この 'essence' なる語はまたプラトンの 'idea' の同意語でもあるのだった[41]。また「天の智性」（'Intelligences of the Heavens'）は，既述の8）の 'those pure Intelligential substances'（V, 407-408）に符号する[42]。ここもまた Irene Samuel がネオプラトニズムを経ての話だが，明確にプラトンのイデアと結びつけているところだ。このように後段で出る 'great idea'（VII, 557）や 'From shadowy types to truth, from flesh to spirit'（XII, 303）もそうであるように，天使と人間の関係も，このプラトン的理念の支配下にあるといえる。即ち比喩的にではあるが天使こそが人間の目指すべきイデアなのだ。勿論堕落せざる善天使のことであるのは言うまでもないが。（但し，堕落天使もデフォルメ（もしくは antitype）のダイナミックなモデルという予想は可能であろう）このように原型（天使）と影（人間）ということをミルトンは言っていることになるが，先に言った如く創造論に関する限り，この二元論は突き破られている。そしてこの二元論は Madsen や Swaim の言を待つまでもなく，typology へと進化している。即ち 'shadow'

は 'fore*shadow*ing' となり 'type' となる。静的且つ理性的な瞑想から，荒々しい歴史の荒野へ出て尚，救済史的な終末信仰に希望をたくしている。堕落前を代表する天使はラファエル，そして堕落後はミカエル。このように堕落前と堕落後という二分法は大きく言えば，やはりラムス (Petrus Ramus, 1517~72) 的な dichotomy だと言っていいと思うが，堕落前は豊潤・華麗なプラトニズム，堕落後は文体的には酷評されるけれども *Paradise Regained* などとも共通する plain style。これにも訳があって，堕落前はいわば楽園というユートピア，堕落後はまだ楽園にはいるが，事実上堕落後の歴史（救済史）を typology で示しているということなのだ。天使の様態も温順・冗舌なラファエルから厳格謹厳なミカエルへと shift している。

14) その時にサタンは初めて痛みを知り，
　　あちらこちらを七転八倒した。かくも激しく
　　鋭利な剣が彼の体を貫き，重傷を負わせた。
　　切断された（天使の成分である）天の物質は，
　　間も無く閉じ，天使が流さばかくやと思われる
　　神酒に見紛う体液が，深い傷口よりほとばしり出，
　　少し前までさしもの目映き甲冑を悉く朱に染めた。

　　...then Satan first knew pain,
　　And writhed him to and fro convolved; so sore
　　The griding sword with discontinuous wound
　　Passed through him, but the ethereal substance closed
　　Not long divisible, and from the gash
　　A stream of nectarous humour issuing flowed
　　Sanguine, such as celestial spirits may bleed,
　　And all his armour stained erewhile so bright.

　　　　　　　　　　　　　　　　　　　　VI, 327-334

サタンがミカエルの一撃を食らう絵画的にも有名なところ。1）天使は痛

みを感じ，2）上質ではあるが血の如きものを流す。しかし直ぐ後に出るように，これは致命傷にならない。

15) というも天使らはあらゆる部位にて
　　 生き生きとしているのであって，
　　 か弱き人間の如く，心臓・脳また
　　 肝臓・腎臓といった内部器官による
　　 のでなく，全滅による以外死ぬこと
　　 もない。彼らの柔軟な体軀は漂流する
　　 空気同様，致命傷を受くることもない。
　　 全体が心臓・頭・目・耳・知性・感覚
　　 であるかのように生きるのだ。
　　 彼らは自在な体つきをし，そして色も
　　 形も大きさもまた濃くも薄くも兎に角
　　 一番良いと思うようにできるのだ。

　　　　... for spirits that live throughout
　　　　Vital in every part, not as frail man
　　　　In entails, heart or head, liver or reins,
　　　　Cannot but by annihilating die;
　　　　Nor in their liquid texture mortal wound
　　　　Receive, no more than can the fluid air:
　　　　All heart they live, all head, all eye, all ear,
　　　　All intellect, all sense, and as they please,
　　　　They limb themselves, and colour, shape or size
　　　　Assume, as likes them best, condense or rare.
　　　　　　　　　　　　　　　　　　　　VI, 344-353

　天使は生身の人間のような制約は受けない。流動性があり自由自在である。獅子のようにも勿論蛇のようにもなれるかと思えば，若き天使にも変身

し得る。全滅されない限りは不死身である。4）で見た内容と一部重複するが，この箇所はとりわけ天使の流動性に関して雄弁である。ここでは流動性を天使の一般として語るが，一説に変身は悪を含意すると言う人もいる。

16) 甲冑が激しく打ちへこまされ
　　体を閉じ込めたれば，それが傷をいや増した。
　　彼らはどうしようもなく苦しみ，甲冑の中で
　　数多悲しみ嘆き，さんざんもがきし後，
　　ようやくその苦境より逃る。はなはだ清い光の天使も
　　当初は清いが，今や罪により汚れている為だ。

Their armour helped their harm, crushed in and bruised
Into their substance pent, which wrought them pain
Implacable, and many a dolorous groan,
Long struggling underneath, ere they could wind
Out of such prison, though spirits of purest light,
Purest at first, now gross by sinning grown.

VI, 656-661

　直ぐ前に見た流動性の話と矛盾するようだが，ここでは反逆天使らが，山を丸ごと投げられ，打撃で打ちのめされ，甲冑の中で苦しむ様が語られる。そして先には変身は悪を含意する説もあると言ったが，ここではむしろ，別の原理が適用される。「罪によって汚れる（gross）」というのがそれである。この 'gross' は「(密度が) 濃く粗い」というのが原義である[45]。即ち濃度が希薄であれば，より輝きを増し，且つ流動性も大きいのだが，濃度が濃ければ（'gross' になればなるほど）暗くなり，甲冑の中で苦しむほど粗く，流動性を失うというのだ。ここはまた，C. S. Lewis が Dr. Johnson (Samuel, 1709～84) の 'poetic fiction' 説の反証として挙げているところでもある。こういう描き方は「作りごと」とするよりは，ミルトンが天使の存在を本当に信じていたとする方がわかりがよいと[46]。また 14) で痛みを感じたのは

サタンだったが、ここでは反逆天使全員の痛み苦しみが描かれている。

17) 天使は愛し合わないのですか。愛情はどう表わすのですか。見つめ合うだけですか。それとも光が浸透し合うのですか。そもそも間接的であれ直接的であれ、抱き合うのですか。このアダムの問いに対し、これぞ愛の確かな色合いと思しき天使らしい薔薇色に赤味を帯びた微笑をたたえて答えた。彼らが幸せであり、愛なくば幸せたり得ないと言えばお前には十分だろう。(お前は清く造られたのだが) お前が肉体にて清く楽しむものを我々はこよなく楽しんでいる。薄膜・関節・手足などのいかなる障害もない。もし天使が抱擁すれば空気の交流よりた易く、全体として交わる。純粋な求めによって純粋に交わるのだ。体とか霊とか矮小化した媒介物は必要としない。

> Love not the heavenly spirits, and how their love
> Express they, by looks only, or do they mix
> Irradiance, virtual or immediate touch?
>   To whom the angel with a smile that glowed
> Celestial rosy red, love's proper hue,
> Answered. Let it suffice thee that thou knowst
> Us happy, and without love no happiness.
> Whatever pure thou in the body enjoyst
> (And pure thou wert created) we enjoy
> In eminence, and obstacle find none
> Of membrane, joint, or limb, exclusive bars:
> Easier than air with air, if spirits embrace,
> Total they mix, union of pure with pure
> Desiring; nor restrained conveyance need
> As flesh to mix with flesh, or soul with soul.
>
>   VIII, 615-629

天使間にも愛の交わりのあることが語られる。純粋な全体としての妨げの

ない愛という。これはしかも程度は全く違うが，一種の physical な愛情の交歓のようではある。Henry More（1614〜1687）でさえ，天使の他の物質（人間も含む）への浸透力については語るが，天使相互の愛情の交歓までは言わない[47]。聖書に「復活の時彼らはめとったりとついだりすることはない。彼らは天にいる御使いのようなものである」（マタイ22：30）とあるからだ。つまりこの聖句は御使いの立場から読めば，天使はそもそも娶らないものということを前提にしている。当然のことながら愛の交歓の結果として，無粋な人間のみが予想する生殖作用については，8巻のこの箇所では一切言及はない。しかしこれはアレゴリーとしてではあるが，サタンの娘と孫の近親相姦によるグロテスクな生殖力は既に知られている（II. 776-809）。また1・2巻で出る堕落天使の中には，色欲の化身といわれる Chemos（又の名を Peor）や Belial（I, 490-505）も思い出され，特にベリアルは，その子らと共に「人間の娘たちにみだらな目を投げ，娶って一種族を生んだ」（『復楽園』，II, 180-181, cf. 創世記6：1-5）とあるのを知っている。してみると生殖は，善天使については一切語られず，専ら堕落天使に特定されるようだ。その場合も天使間でなく，堕落天使の末裔であったり，堕落天使と人間の娘であるのは留意しておく必要がある。つまり言うまでもなく，天使から見て一段下の存在間との交合ということで，堕落の意味が込められているのは明白だ。

以上のミルトンの天使を簡潔に要約するとおよそ次のようになる。
1） 天使は人間より先に造られた。先ではあっても被造物には変わりはない。
2） 人間とは別な意味での物質性（materiality）がある。カソリックのように純粋な非物質的なものとは考えない。これはプロテスタント一般にも通じるミルトンの天使の大きな特長の一つである。
3） その物質は，火（cf. 'empyreal'）ともエーテル（cf. 'ethereal'）とも光（'purest light', VI, 660）とも言われる。これはミルトンのオリジナルではないが，これを何か原物質（'one first matter', V, 427）の一番上等のものと考えた点は，ユニークである。
4） 天使は「知的存在」（intellectual being, II, 147, V, 485, Intelligence,

VIII, 181) であり単に霊 (spirit) とも呼ばれる。当然御子の下位にある (V, 839-840, VI, 775-779) のだが，人の目指すべき上位の存在である。
5） 具体的には，天使 (ラファエル) がトビト書の仮現説 (本当は食べたのでなく，振りをしただけ) に反して，しっかりアダムと共にイヴに用意させた食物や果実を食べる。
6） 特に化体 ('transubstantiate', V, 438) の件は，暗にカソリックの聖体拝領の化体説に対する偶像破壊的要素がある。
7） 愛情にしてもこれを天使間に認める。これは際立ったミルトンの天使の特徴である。但し交合のグロテスクは，善天使については語られず，専ら悪魔化した三位一体 (ペルソナは同等でない) のパロディー，もしくは堕落天使が人間と交わるという例の創世記6章に由来するネピリム感覚と，また倫理的感覚 (悪党はベリアルの子等の類) で記す。
8） 天使は不滅で，伸縮も自在だけれども，痛みを感じ出血もするが，直ぐ回復する。
9） 諸天使の任務は，神を誉め讃えること。特に天球の和音の奏者である。人には見えなくとも日夜働いている。
10） 天使 (特にラファエルとミカエル) は個人指導教授 (tutor or supervisor) に似る。人よりはるかに勝る力と知識を有するが，全知というわけではない。(cf. *PL* III, 681-685)

II

Christopher Hill はミルトンに来世信仰は皆無だと言う。

1660年以降，強調点は来世の慰めというようなものから決定的に離れていった。ミルトンの中にはそんなものは事実上全く書かれていないし，バニヤンの中にも驚くほど少ない[48]。

また A. J. A. Waldock は，ミルトンの天使学を「かなり馬鹿馬鹿しい」

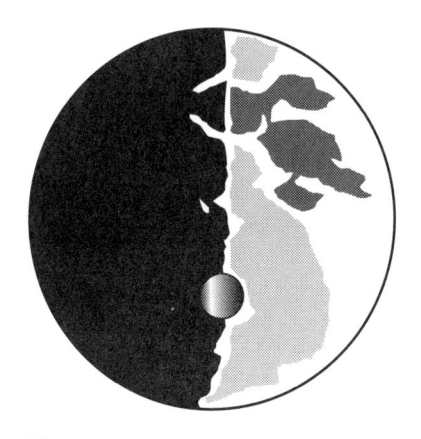

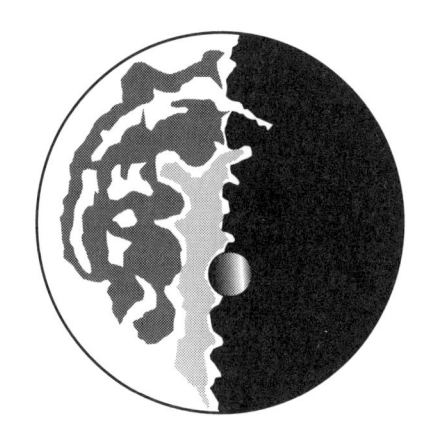

図1 Galileo Galilei, *Sidereus Nuncius; Telescopes, Tides and Tactics: A Galilean Dialogue about the Starry Messenger and the Systems of the World* tr.Stillman Drake (Chicago:University of Chicago Press, 1983), p.28.

'rather nonsensical'という[49]。C. S. Lewisは，Samuel Johnsonの 'poetic fiction' 説を批判しながらも「人間の限られた感覚で想像するな」と言う[50]。Robert West の先行業績はこの分野での唯一のモノグラフだが，さすがに少し古く一部修正・加筆を余儀なくさせられている[51]。

確かに創造論に関する限り，ミルトンが天使をも含めて，唯物的一元論を導入したのは疑う余地がない。しかしこれが直ちに来世信仰が皆無である証拠だとするなら，それは少し違うように思う。確かに J. B. Broadbent が言うように「逃避の神秘主義は避け，どこまでも合理的な理解を目指す」[52]。その意味ではベーコンやデカルトの路線上にあるとも言えるが[53]，何と言ってもガリレオの影響は歴然としている[54]。そして別の種類の他界主義があることも確かだ[55]。死後の世界は無だけではないということだ。原物質で全てができている。物は下位から段々に昇ってついに 'spirit' ('up to spirit', V, 478) に到る。たとえ触知し得る又見られる機能をなくしても，その物質性は失われない。ここが特異なところだ。これは決して原子や分子まして中性子や素粒子の話ではなく，ミルトンの天使世界の話なのだ。

ガリレオの観測結果もあって，月が地に似ているということが推測された

(図1参照)。ミルトンがガリレオを訪れたということは *Areopagitica* に記述がある[56]にも関わらず,どうも実話ではないとする議論が昔からあり,今も繰り返されている[57]。しかし行った行かないの議論はさておいても,ミルトンがガリレオの言説に関心を持っていて,それを叙事詩に反映させていることは疑いを入れない。望遠鏡への5回に渡る言及があり[58],尤も 'Tuscan artist' (I, 288) は,なにもガリレオとは限らず叙事詩特有のレトリックとの言説もあるが[59],それらを考慮に入れても,ミルトンは月に山と川のようなものがあるのを知っており[60],明らかに月並みな例えば "*Il Penseroso*" などに出る月の描写[61]とは異なる表現を用いている。勿論太陽の黒点・金星の満欠・木星の衛星又天の川・彗星についても出る[62]。が何と言っても「月が地に似ている」というメッセージは,ミルトンの脳裏に焼き付いていたに違いない。ラファエルが降下する時のナレーターの説明を聞こう。

> そこからは視界を遮る雲も星も何の障害も無く
> 遙かに小さく,他の輝く星々にも似て,地球は小さく
> 神の園がヒマラヤ杉を山頂に戴くに到るまで
> 彼[ラファエル]には見えた。丁度夜分にガリレオの
> 望遠鏡がよりぼんやりとではあるが,月の陸や地域を観測したように

> From hence, no cloud, or, to obstruct his sight,
> Star interposed, however small he sees,
> Not unconform to other shining globes,
> Earth and the garden of God, with cedars crowned
> Above all hills. As when by night the glass
> Of Galileo, *less* assured, obserbs
> Imagined lands and regions in the moon:
>
> V, 257-263

ラファエルが宇宙の外から地球を見るところ。ガリレオが月を覗くということから,宇宙の外から地球を望むという類推に使っている。less という比較

級は人間ガリレオと違って，天使だからはっきりと見たというのだ。地球を外から見れば，ガリレオが月を覗いているのと同じようなものだという認識がしっかりと伝わってくる。

　そして月を天の提喩（もしくは換喩）だとすれば，これは「天が地に似ている」ということになる。即ち「地は天国の影に過ぎず，地上で思う以上に両者は互いに似る」(V, 574-576) という時，これは「天国は地で思う以上に地に似ている」という類推の裏返しではないのか。そこから天の住人天使も，地の住人人間に，地で思う以上に似ていると考えたとしてもおかしくはなかろう。人と共に食事をし，顔を赤らめて愛のことを語ることは，そのような類推から説明可能なのではないかと筆者は考える。そして「すべて造られたものは養われなければならない[63]」というのがミルトンの考えだ。ルネッサンスにおけるガレノス (Claudius Galen, c. 130～c. 200) の復活もあって，'concoction' (PL V, 412) が重要な意味を持った。そして先に見た如く，天が地に似ているのであれば，天使も又人に似ているという類推が働いたにちがいない。かくて霊 (spirit, つまり天使) は，自然の梯子の上昇運動の最終目的であるのだが，やはり何らかの食物で養われているに違いないと考え，ミルトンはその点を独自に強調した。ミルトンが特別変わっていたのでなく，この時代 (17c) には，いろいろな解釈が行われ，各人がそれぞれ独自の主張をしたのであった。例えばデカルトは，すべての霊を一つと考え，それを 'animal spirit' と呼んだ。又ハーベイ (William Harvey, 1578～1657) はすべての霊の間の区別を止め，それらを血液の精とした[64]。

　ミルトンは確かに 'corporeal, incorporeal' という言葉を使う。これは「有形の，無形の」ということで，質的な違い，換言すれば body に対して spirit という二元を想起させるが，そして言葉の上ではそう書かれてもいるのだが，spirit も又たとえ無形でも原物質でできているという意味では，本質的には違いはないのである。('of kind the same', V, 490)

　　　　　　　×　　　×　　　×

　留保付ではあるが，楽園は天国の一部であるということは確かだ。かつて

天国にいた住人（堕落天使達）の穴埋めとして新たに人類を頂点とした新世界（地球）が創造されたのだ。よってラファエルは天国から天国のある部分（楽園）へ移動したに過ぎない。従って楽園に住む人間は天国の住人である天使になぞらえられても不思議ではない。しかし堕落し楽園を追われるとなると話は別。楽園も常春の天国の一部から，変化に富む月下界に降ることになる。にもかかわらず，楽園追放は追放だが，不幸になると決まったわけではない。外見の楽園は追われるが，内なるより幸せな楽園を見つける希望に生きるのだ。これはもう一つの楽園（天国・他界）でなくてなんであろうか。ミルトンの場合その自由意志論に顕著に見られるように，堕落による断絶は例えばカルヴィンなどより深くはない。従って，内なる楽園においてはより深く天使になぞらえられても不思議ではない。『失楽園』の天使は，外見としての楽園の生様のモデルから，心の内なる楽園のモデルとして楽園追放後も機能していることになる。ダイナミックには堕落天使のantitypeを含めて，そして良きモデルとしては，例えばアブジエルとして。何もフロイド（Sigmund Freud, 1856〜1939）やユング（Carl Gustav Jung, 1875〜1961）やラカン（Jacques Lacan, 1901〜1981）を読まずとも，『失楽園』を読めば，地獄の輩がどんなにか良く人間の暗い心情を反映しているかわかる。ギリシャ神話の神々の人間に対する干渉は，キリスト教なら天使（特にサタン）の人間に対する干渉として理解し得るし，また良き天使達（ex. ラファエル・ミカエル）についても同様の推測が可能である。ラファエルについて言えば，外典の「トビト書」も含め，更にアブラハムに旅人として訪れた天使等（創世記18：1‐8）を想起すれば。ミルトンはギリシャの神々に比肩し，且つこれに勝るものとして天使等を想像（創造）した。それ故にこれは未だ歌われたことのない大胆な歌なのであった。不幸なことにギリシャの神々以上に天使は一般に日本人には無縁の存在である。それ故に『失楽園』を読み難くしている。しかし以上のミルトン独自の天使観が少しでもわかれば，それだけこれを楽しく読めるはずだと筆者は信ずる。実に天使はミルトンの中に今日も生きていると言っても過言ではあるまい。

注
序

1) 稲垣良典『天使論序説』(講談社, 1996年) また同氏訳によるモーティマー・J・アドラー『天使とわれら』(講談社, 1977年) も有益。但し, 両著とも天使を純粋精神と見るカソリック (スコラ) の立場に立つ。
2) ここでは, 特に「存在の連鎖」を意味する。『哲学思想辞典』廣松　渉　他編 (岩波書店, 1998年) 997頁参照。
3) 「主人公は誰か」という議論はまた別にあって, サタン説, キリスト説, アダム説, また最近はイヴ説まであるが, ここではその議論は扱わない。ただ筆者はアダム説を採る者だとだけ言っておく。
4) ミルトンの創造論は伝統的な「無から」(*ex nihiro*) の創造でなく,「神から」(*de deo*) の創造であった。拙著『ミルトン研究ノート』(弓書房, 1979年) 78-82頁参照。
5) アーサー・O・ラブジョイ『存在の大いなる連鎖』内藤健二訳 (晶文社, 1979年) 第3章及び第6章参照。以後ラブジョイとする。
6) 勿論悪しき天使達も別にいるのだが, これについては,『ミルトン研究ノート』39-66頁参照。
7) William G. Madsen, 'Earth The Shadow of Heaven : Typological Symbolism in *Paradise Lost,*' *PMLA* 75 (1960), 519-526.
8) Kathleen M. Swaim, *Before and After the Fall : Contrasting Modes in 'Paradise Lost'* (Amherst : The University of Massachusetts Press, 1986), chaps. 4, 5.

I

9) テキストは Fowler。*Prose Works,* VI,　p. 312参照。
10) ラブジョイ 171-172頁。
11) *John Milton : Paradise Lost,* ed. Roy Flannagan (New Jersey : Prentice Hall, 1993), p. 115 注31, 以後 Flannagan とする。
12) *Prose Works,* VI, pp. 312-313, 注。
13) Robert H. West, *Milton and Angels* (University of Georgia Press, 1955), p. 141 : "the Angels were made a flame of fire," そしてこれは聖書に由来

するとも，p. 142: "Psalm 104 said that God made his angels spirits and his ministers a flame of fire." 以後 West とする。
14) Samuel Johnson は次のように定義している。
"the angels' essence is whatever constituted their substance." Flannagan p.136 注168より転用。
15) C. S. Lewis, "The Mistake about Milton's Angels," *A Preface to Paradise Lost* (Oxford: Oxford University Press, 1961), pp. 108-115. poetic fiction は Samuel Johnson が言い（*Johnson's Lives of the English Poets*，福原麟太郎注釈（研究社，1964年）68頁），それを C. S. Lewis が見事に反論している。以後 C. S. Lewis とする。後段本文 13) 参照。明らかな空想については West, p. 180参照（夕日に乗って滑り来るウリエル IV, 555)。
16) 「神，天，そして純粋に霊的な存在は，確かに想像力を超えているが，われわれの思考の能力を超えたものではない。それはわれわれが思考を通して，内省的に自分自身の心を理解できるのと同じことである」アドラー『天使とわれら』69頁，「分離的知性（肉体をもたない精神，すなわち天使)」同81頁。
17) C. S. Lewis, p. 105 以下，また Fowler, p. 307 注。
18) "Angels are spirits.... They are *ethereal* by nature." *Prose Works*, VI, p. 314.
19) "The subterfuges which Papists employ to defend their adoration of saints and angels, are all quite worthless." *Ibid.*, p. 695.
20) これを Irene Samuel は「内なる目に見える形」(the form visible to the inner eye) と言う。*Plato and Milton* (Ithaca: Cornell University Press, 1965), p.143, 以後 Samuel とする。但し，スコラもエーテルという言葉を使うが，ミルトンの場合はそれが原物質で造られているという点で異なる。
21) 純粋としたのはスコラ（ex. St. Thomas Aquinas, 1225～74）で，それ以前（ピタゴラス派，プラトン派，ユダヤ学者，教父ら）は最も純粋な天使でさえ物質的媒介を有すとしている。
Stephen M. Fallon, *Milton among the Philosophers* (Ithaca: Cornell University Press, 1991), p. 141参照。以後 S. M. Fallon とする。

22) ミルトンはこれをことのほか愛し，言及は多い。"Second Prolusion" *Prose Works,* I, 234-239 "At a Solem Music" 19-28, "On the Nativity Ode" IX-XIV, "*Il Penseroso*" 161-166等参照。

23) Regina M. Schwartz, *Remembering and Repeating : Biblical Creation in Paradise Lost*（Cambridge : Cambrige University Press, 1988），p. 79以下，及び Diane McColley, "Copious Matter of My Song" *Literary Milton : Text, Pretext, Context,* ed. Benet, Diana T., and Lieb, Michael (Pittsburgh, PA : Duquesne UP, 1994), pp. 73-78.

24) ダンテ：C. Schaar, "Each Stair Mysterious Was Meant," *English Studies* LVIII (1977), pp. 408-410 ; ホーマー：Fowler, p. 199注。

25) Samuel, p. 35.

26) Fowler, p. 260注。Flannagan, p. 280注。

27) William B. Hunter, Jr. "Milton's Power of Matter," *Journal of History of Ideas* 13 (1952), 551-562 ; ミルトンは Christian Aristotelianism（つまり Thomism）に異議を唱え直接アリストレスに戻るとする（p. 559）。更に "prime matter" の解釈がプラトンとアリストテレスで異なり，アリストテレスは "matter" と "form" を分離しない。そしてミルトンはアリストテレスの解釈を選んだ（p. 557）という。

28) 平井正穂訳『失楽園』上（岩波文庫，1981年），412-413頁。

29) カルヴィン『旧約聖書注解：創世記Ｉ』渡辺信夫 訳（新教出版社，1984年）18章6節317頁。

30) *Prose Works,* VI, p. 554 "particularly transubstantiation and papal $\alpha\nu\theta\rho\omega\pi o\phi\acute{\alpha}\gamma\iota\alpha$ (anthropophagy) or cannibalism are utterly alien to reason, common sense and human behavior." 偶像礼拝については，*Prose Works,* VIII, pp. 431-432. 更に John N. King, 'Milton's transubstantiation,' *Milton Studies* XXXVI ed. Albert C. Labriola (PA : University of Pittsburgh Press, 1988), pp. 41-42.

31) William Kerrigan, *The Sacred Complex : On the Psychogenesis of 'Paradise Lost'* (Cambridge, MA. : Harvard University Press, 1983), p. 239.

32) John C. Ulreich, Jr. "Milton on the Eucharist. Some Second Thoughts

about Sacramentalism," *Milton and Middle Ages*, ed. John Mulryan (Lewisburg : Bucknell University Press, 1982), p. 43, "Milton does, in fact, secularize the sacred mystery of the Mass, at the same time, however, he exalts the ordinary physical process of digestion into a sacramental act."

33) Henry More, *The Immortality of the Soul* ed. A. Jacob (Dordrecht : Martinus Nijhoff Publishers, 1987), chap. II, *passim*.

34) *Prose Works,* VI , chap. XIII 'Of the Death which is called the Death of the Body' 399-414, esp. pp. 400-401, *passim,* 及び *PL* X, 789-792.

35) William Kerrigan, "'One First Matter All,' : Spirit as Energy," *John Milton's 'Paradise Lost'* ed. Harold Bloom (New York : Chelsea House Publishers, 1987), p. 110.

36) Lawrence Babb, *The Moral Cosmos of Paradise Lost* (East Lansing : Michigan State University Press, 1970), p. 41, animal spirit は，感覚，想像力，理解力，その他の諸器官の道具。

37) この時代は，詩と宗教を分けて考えるということはなかった。そのことから逆に現代の評者は，神がかりな宗教用語を全て捨象してしまうのである。Christopher Hill などはその典型である。

38) *Prose Works,* VI , p. 312. 但し，別のところでは「厳密には天国ではない」ともいう。*Prose Works,* VI , p. 412.

39) Fowler, p. 310 注，"He (Milton) rejects Aristotelian 'ontological distinction between the sub-and superlunary worlds'."

40) Samuel p. 146,"... we may see in the angels of *Paradise Lost*... the Platonic essences transformed into the 'Intelligences of the Heavens.'" Samuel 以前にこれを言っている人は，Edward C. Baldwin, 'Milton and Plato's *Timaeus, PMLA* 35 (1920), 210-217。

41) *Ibid.,* p. 134, "Of his alternate terms, 'form' and 'essence' are most important, *forma* having been the regular Latin translation for Plato's *idea* or *eidos,* and *essentia* for *ousia,* the ideal being of an object."

42) *Ibid.,* pp. 145-146, "... they would have it that as the *Intelligences of*

heavens are producers of these movements, each one of its own, so these other Intelligences are producers of everything else ; and exemplars each one of its own species ; and Plato called them 'idea', which is equivalent to calling them universal forms and natures." またラファエルは 'pure Intelligence of Heav'n' (VIII, 180-181) とされる。

43) William G. Madsen, 注Ⅰの7) 参照。プラトンの 'shadow' を 'foreshadowing' に読み変え, typology へと導いた画期的な論文。Kathleen M. Swaim, 注Ⅰの8) 参照。*passim.* dichotomy の例：subject―adjunct, antecedent―concequent, effect―cause, species―genus, fantasy―memory, etc.

44) Fowler, p. 208 注, 'In Satan... protean "fluctuation of shape" connote evil.'

45) 'dense and coarse, contrasted with air, spiritual substance, etc.' (Lockwood). cf. *OED*, Ⅲ, 8, c.

46) C. S. Lewis, p. 109.

47) West, p. 172.

Ⅱ

48) クリストファー・ヒル『17世紀イギリスの急進主義と文学』小野功・圓月勝博訳（法政大学出版局，1997年）322頁。

49) Waldock, pp. 109, 114。

50) C. S. Lewis, p. 113, ミルトンも同様の主旨のことを言ってはいる。cf. *PL* VIII, 175-176及び『教義論』*Prose Works,* VI, p. 315.

51) West については注Ⅰの13) 参照。West の monograph は先行業績としてこの分野で不可欠のものである。それは認めた上で尚，一部修正・補充を要するということ。例えば West はミルトンの天使観はプロテスタントの控え目 'Puritan Reserve' とするが，S. M. Fallon (*op. cit.* p. 160) はこれを否定する。補充の例を1つだけ挙げると，例えば William Kerrigan, "'One First Matter All' : Spirit as Energy," *The Sacred Complex* (*op. cit.*) 193-262等。

52) J. B. Broadbent, *Some Graver Subject* (London : Chatto and Windus,

1960), p. 211, 以後 Broadbent とする。
53) "His (Milton's) third Academic Exercise is indeed an attack on the scholastic philosophy and a defense of the studies Bacon had advocated." Marjorie Nicolson, "Milton and the Telescope," *A Journal of English Literary History II* (1935), 1-35 ; p. 6.
54) Harinder Singh Marjara, *Contemplation of Created Things : Science in 'Paradise Lost'* (Toronto : University of Toront Press, 1992), p. 248, ガリレオの影響で地のみならず天も変化あるものとしたと言う。以後 Marjara とする。
55) Broadbent, p. 211 : "Though it avoids soulishness, this is really only another sort of other-worldness."
56) *Areopagitica, Prose Works,* vol. II, p. 538 : "There it was that I found and visited the famous *Galileo* grown old, a prisoner to the Inquisition, for thinking in Astronomy otherwise than the Franciscan and Dominican licencers thought."
57) Neil Harris, "Galileo as Symbol : The Tuscan Artist in *Paradise Lost,*" *Rivista Internazionale Di Storia Della Scienza,* vol. 10 (1985), 3-29. Harris はミルトンは Galileo をサタンよりの悪いイメージで使うとする。これに反論しているのは, J. M. Walker, "Milton and Galileo : The Art of Intellectual Canonization," *Milton Studies* 26 (1990), 109-123.
58) telescope への言及： 1 ）'optic glass', *PL* I, 287-291, 2 ）'optic tube', *PL* III, 588-590, 3 ）'glass of Galileo', *PL* V, 261-263, 4 ）'glass of telescope', *PR* IV, 40-42, 5 ）'Aerie Microscope', *PR* IV, 56-57.
59) Neil Harris, *op. cit.*
60) *PL* I , 290-291 "to descry new lands / Rivers or mountains in her spotty globe."
61) "*Il Penseroso*", 67-69 "To behold the wandering Moon, /Riding neer her highest noon," *The Riverside Milton,* ed. Roy Flannagan (New York : Houghton Mifflin, 1998) による。
62) A. 太陽の黒点III, 588-590, B. 金星VII, 364-369, C. 木星の衛星VIII, 148

-151, D. 天の川VII, 577-581, E. 彗星II, 708-711, XII, 633-634.
63) Marjara, p. 235.
64) *Ibid.*, p. 234.

"Il Penseroso" の背景

I. メランコリー

　ミルトンに "Il Penseroso" (1631 ?) という小品がある。普通 'L' Allegro' と並んで the companion poems として一括される。この 'コンパニオン・ポエムズ' に Melancholy が共に登場する。前者では追放されるものとして，後者にあっては歓迎されるものとして。'憂うつ' なのは，だいたい誰でも嫌いだから，追放するのはいいとして，一体歓迎されるべき '憂うつ' とは何なのか。これにはそれ相当の背景があるに違いない。

　この時代『メランコリーの分析』(Robert Burton, The Anatomy of Melancholy, 1621) というのが本のタイトルにもなったのだが，最も人口に膾炙したタイプは，ハムレットをおいて他にない。いうなればネクラのタイプである。『お気に召すまま』(As You Like It, 1623) の Jaques もいるのだが，ハムレットほどにはさほどなじみはなかろう。がもっと視覚的に示すと，それはデューラー (Dürer, 1471～1528) の版画 (Melencolia I, 1514) がうってつけということになろう。ミケランジェロ (Michelangelo, 1475～1564) に "Il Penseroso" (c.1526) という彫刻があり，更に "La Notte" (1526-31) という彫刻もあってこれも参考となろう。「夜」は，メランコリーの仲間だからである。

　しからばこういう散文，詩，劇，版画，彫刻等ルネッサンスの文芸万般に反映されるメランコリーとは一体何ものなのだろうか。メランコリーを「憂うつ」とするのはまちがいではないが，語源的にはもっと別の意味である。中世を支配した例の humour 学説（ガレノスの医学）に由来し，四大の「土」に呼応する四気質の黒胆汁 (black bile) 質のことで，天体にあっては，'土'星に照応する。この「質の人は，悲しく，貧しく，不成功で，最も

― 124 ―

卑しく軽蔑される職業につく運命にあった」[1] この「質の人は皮膚の色が黒く，黒髪で黒い顔（中略），悲しさと憂うつを表現する彼の典型的なポーズは片手で顔を支えること」[1]であり，職務は「土地の計測と金銭の勘定」[1]であった。

　どうやら近代以前のオカルト科学が関係してくるらしい。その部分的相関関係を図示する。

[2]

元　素	性　質	体　液	気　質	色	惑　星
空　気	熱 ― 湿	血	多 血 質	赤	木　星
火	熱 ― 乾	胆　汁	胆 汁 質	黄	火　星
土	冷 ― 乾	黒胆汁(ブラック・パイル)	黒胆汁質(メランコリック)	黒	土　星
水	冷 ― 湿	粘 ― 湿	粘 液 質	白	月

　またメランコリーは「うつ病」ということでもあって，現代日本のバートンともいうべき，精神科医平井富雄氏は軽いエッセイ集『メランコリーの時代』で次のように言う。

「うつ病」は昔，「メランコリー」といって，かなり多くの人が罹ったといわれている。あの有名なミケランジェロもメランコリー体質で，ミルトンもそうだったという。奇しくも，ミケランジェロは『イル・ペンサローソ』という哲人の彫刻を製作したのと同じように，ミルトンも同名の詩を書いた。時代が隔たるとはいえ，イル・ペンサローソもメランコリーだったようで，この二人が「彼」に共鳴を感じ，芸術作品をものにしたのも偶然でなく，うつ病に親近的な感情に陥ったものと説明されている。
ただ，「うつ病患者」の症状は『沈思の人』というぐらいにしか考えられず，昔の心理学や医学では問題視されなかった[3]。

　平井氏のいいたいことは，巨視的な観点であり，その限りにおいて，筆者も同意できる。それが，

現代精神医学では、「デプレッション」と統一されているが、十九世紀半ばまでは、もうすこし広く「メランコリー」と考え、必ずしも病的状態と考えていなかったことも記しておこう。そして、メランコリーの語源は、「気持ちがゆううつになること」であり、同時に「メランコリー気質」という風にも正常範囲で使うことのできるものであった。が、デプレッションの語源は「落ちこむこと」であり、私たちの立場からいえば、正常より異常、あるいは病的にいたる不連続性の意味である[3]。

となれば尚更である。しかしながら筆者は、氏の巨視的視点は大いに尊重する者であるが、微視的にミルトンに関わるものとして、若干補足的意見を述べたいと思う。現代医学では「デプレッション」で統一ということであるが、ミルトンも「落ちこむ」方のメランコリーは充分承知していて、それは 'L'Allegro' の方で追放しているのである。"Il Penseroso" では、いわばメランコリー賛歌をしているわけだが、同じ言葉を使っていても、こちらのメランコリーは「落ち込む」ことでは決してない。先のバートンの『メランコリーの分析』は、いわば、メランコリーの百科全書であって、そこには様々な種類のメランコリーが、分類され語られている。だから二つに分けるのはいささか大ざっぱの誇りをまぬがれまいが、はっきりしているのは、歓迎されるべきすてきな種類のメランコリーがあって、それについて「沈思している」わけなのである。氏の博学に敬意を表しつつ、なお賛成しがたいのは、ミケランジェロの『イル・ペンサローソ』と名前が同じという理由で一緒にしていることである。この像は、レオ十世の父 Lorenzo De'Medice（フィレンツェ，サン・ロレンツォ聖堂）のことで、「蝙蝠（こうもり）の兜（かぶと）をつけ、左手の人差し指を口につけ考えこんでいる。吝嗇（りんしょく）の象徴である金庫にひじをついている。つまり憂うつ質の姿をした武将である」[4]。この彫刻の「沈思の人」は「落ちこむ」方のタイプであるのはいい。だが上に示唆した通り、ミルトンの方は、いささか違うタイプなのである。とまれその一端をお目にかけよう。

　　汝賢（かしこ）き聖（きよ）き女神こと

"Il Penseroso" の背景

神々しきメランコリーようこそ，

...hail thou Goddess sage and holy,
Hail, divinest Melancholy,

私訳，以下同。

ll. 11-12[5]

来たれ，思慮深き尼僧，敬虔にして清く，
真面目にして心固く，厳かなそなた
身を全て威厳の位階のひだなす黒衣を纏い
薄い透けた紗の黒マント，しなやかに肩を被う，
来たれ，だが常なる厳か保ちて
等しき歩幅，物思いの物腰にて
眼は天空に心かよわせ
そなたの高揚せる魂，眼に宿して
我を忘れて立像の如，やがて
しかつめらしくうつむいて
眼を地に固く落す。

Come, pensive nun, devout and pure,
Sober, steadfast and demure,
All in a robe of darkest grain
Flowing with majestic train,
And sable stole of cypress lawn
Over thy decent shoulders drawn.
Come, but keep thy wonted state,
With even step and musing gait
And looks commercing with the skies,
Thy rapt soul sitting in thine eyes:
There held in holy passion still,
Forget thyself to marble, till

With a sad leaden downward cast
Thou fix them on the earth as fast.

ll. 31-44

　何やら聖テレサ（Theresa, 1515～82）の如く宗教的恍惚状態のようなのである。（テレサは上向き加減で，メランコリー女神は，上に思いを馳せつつも下向きであるという違いはあるが）一体このメランコリーを「落ち込んでいる」といえるだろうか。

　全く同じというわけではないが，ミルトンのこのメランコリーに近いのがDürer の版画 *Melencolia I* である。

　パノフスキーは[6]Dürer の画(え)を解いて言う，古典的な 4 体液のメランコリー（これはカレンダー等によく表わされた）と幾何学の結合からなる。前者は鈍さ，怠惰，気だるさの気質（典型的な絵は糸車の傍で眠りこけている娘），後者は，土星(サターン)に照応する幾何学の擬人化としての女神である。が，*Melencolia I* には，価値の倒錯がある。いまわしい忌むべき気質にそぐわないエンブレムが配されている。メランコリア女神は，頬づえをつき，物思いにふけっていて，コンパスを握る手は仕事をすることに集中してはいない。その限りでは怠惰であるが，頭に勝利を示す冠をかぶり，幾何学の英知を土星との照応で直感している顔付きをしている。一方無知なる小人像(プット)は，変形した碾臼(ひきうす)に一生懸命何か書いている。これは技術(うで)を表し，女神の英知と対比せられ，両者はかみあっていない。その結果は，無能と憂うつということになる。

　しかしパノフスキーは，この画(え)の背後に，Ficino（Marsilio, 1433～1499）経由でアリストテレスの説（メランコリーはほどほどに温められれば，英雄，予言者，詩人を生み，さもなくば狂人となる）が盛り込まれ，それがドイツに渡ってアグリッパの『神秘哲学』[7]となり，その影響を Dürer が受けているという。

　この議論を受けて，F. イエイツは，更にもっと積極的意味（ex. 強烈な恍惚状態でヴィジョンを見ている）に取り，'*I*' の意味は 3 つの全体の内の一つを表わすという。

デューラーの『メレンコリアⅠ』は，アグリッパの［三つの］段階の第一のもの，霊感を受けた芸術的メランコリーを表現している。また予言的霊感に関する段階があり，霊感を受けた知性が神的事柄の理解に達する段階がある。この三段階全部は，ミ・ル・ト・ン・の・メ・ラ・ン・コ・リ・ー・，つまりアグリッパを通りロイヒリンに由来するように思われる黒・い・人・物・に含まれている[8]。

［　］：筆者加筆，以下同。
傍点：筆者，以下同。

イエイツの指摘にもかかわらず，両者間には，明らかに別な要素もある。ミルトンの詩には幾何学の面影は女神以外ない。背景の小道具も異なる。例えば，Dürer の Melencolia I というタイトルをかかえて飛んでいる蝙蝠(こうもり)とやせこけた犬は，ミルトンでは，ナイチンゲールとコオロギ，前者の彗星と月に比して，後者には月こそ共通だが心地よい木陰と熊座の照り渡る夜空といった具合である。ミルトンの詩には悲劇や音楽や詩そして宗教的境地への賛歌がある。Dürer には，梯子のかかる未完成の建物，天秤，砂時計，魔法陣がある。また幾何学を表す様々なオブジェも乱雑に散乱しており，志の高さ（顔に示さる）に比して，仕事は挫折していることを思わせる。丈も魔法陣は，冠同様，古典的メランコリーと別の要素であるらしい。陽気な木星(ジュピター)を呼び寄せるもので，体液は血，気質は多血質(サンギュイン)を暗示するもののようである。これは，また確かに，冷――乾のメランコリーに，熱――湿を加味することを意図していよう（図参照）。このようなところには，ミルトンのと同系統の要素が含まれているとみることもできる。というのは，「知性を高めたいなら，メランコリーは，ほどほどに熱くなければならない」[9]というのが，アリストテレスの考えだからである。

以上すでにおわかりのように，「ルネッサンスには，同時に二つのメランコリーの概念が存在したのである。ガレノスの伝統に従えば，メランコリーは，忌むべき不幸な精神状態であり，アリストテレスの伝統によればそれは大変称賛すべき，望ましい精神状態なのである」[10]。

従ってミルトンは，ガレノスの伝統に組するメランコリーを，'L'Alle-

— 129 —

gro', において追放し、アリストテレスの伝統に組するメランコリーを "*Il Penseroso*" で称えたということになるのである。

ミルトンの同時代に、ミルトンのメランコリーの素材となったと思われるものが、3つほど数えられる[11]ようだが、それらを斟酌しても尚、上の結論はゆるがないらしい。

II. ヘルメス学

"*Il Penseroso*" に "thrice-great Hermes" (*l*. 88) というのが出てくる。これは一体何者なのだろうか。

ヘルメースは本来ギリシャ神話で活躍する神の一人であるが、ここでは勿論エジプト化されたヘルメースについて言っている。ヘルメス文書中ではこの神は、「ヘルメス・トリスメギストス」("三倍偉大なヘルメース") ないし単に「トリスメギストス」と呼ばれることが多い。(中略) そしてこの名は正式の神名である「ヘルメス・トート」の綽名(あだな)として愛用されたのである。これはギリシャ神ヘルメースとエジプト神トートが結合した合成神である[12]。

次にこれが出てくる文脈を示すと、

あるいは真夜中に我が燈火
高き塔に淋しくともるのが見え、
そこで、しばしば熊座をずっと眺めて
三倍偉大のヘルメスと共に起き、
あるいはプラトンの霊をその天界から呼びどんな宇宙、
どんな広大な天域がこの肉体の仮の宿を捨てた不滅の霊魂(アニマ)
[真の自己] を宿しているのか見つけ出し、
火、空気、水また土の中にそれぞれおり、
その霊力が惑星と元素とに真に照応する
あのダイモーンについて学ぶ。

Or let my lamp at midnight hour
Be seen in some high lonely tower,
Where I may oft outwatch the Bear
With *thrice-great Hermes,* or unsphere
The spirit of Plato, to unfold
What worlds or what vast regions hold
The immortal mind that hath forsook
Her mansion in this fleshly nook;
And of those daemons that are found
In fire, air, flood, or under ground,
Whose power hath a true consent
With planet or with element.

ll. 85-96
［　］：筆者加筆，以下同。
イタリック：筆者

　「熊座を眺めて三倍偉大のヘルメスと共に起きる」とは，夜通し，夢中でヘルメス文書（*Corpus Hermeticum*）やその類を読んで，明方に至るということだろう。と同時にこれは学問の神でもあるから，広く学問の提喩とみてもいい。次行の「プラトンの霊」も，同工異曲とみる。だがしかし，この箇所は（esp. daemons that are～or with element）は，明らかにヘルメス学的であるという[13]。

　さて，それではヘルメス学とは一体何なのであろうか，1つにその周縁にカバラやヨガや道教や禅をも思わせる神秘哲学（神智学等ともいう）にして，その世俗化が魔術やオカルトといわれ，第二に，特に錬金術を指す。"金もうけ術"や"借金術"といった現代的意味では勿論なく，エジプト起源の学問である。4大元素（地水火風）と3原質（水銀，塩（又砒素），硫黄）で思考する哲学のことである。金は文字通りの金では必ずしもなく，「太陽」や「不老長寿薬（エリクサ）」や「賢者の石」や「第五元素」や「エーテル」の

暗喩であったりする。金が文字通り金と考えたのもあって，これは一種の世俗化で，二通りある。一つは，本当に金を造り出そうとした者，できるわけないのであるが，実はこれが，実験科学の前駆体，いわゆる化学の先がけとなるのである (alchemy-chemistry)。ついで，金の量を混ぜ物によって実量より増やしてみせる術を指す。これ等二者は共に詐欺師やペテン師の温床でもあった。俗物的権力が一獲千金を夢見，しばしば召しかかえたのもこの連中である。これ等は，ギリシャはもとより更に東方のメソポタミヤの学問（主として星辰学）と連動し，要するにキリスト教によって排斥された諸学はほとんどすべて包摂しているといってもよかった。いわゆるオカルト科学である。

　これらの思想は，キリスト教会からこっぴどくやっつけられながら，幾世紀もの間地下にもぐって生きのびたのである。たとえば本来の意味でのヘルメス思想，さまざまなグノーシス派，神秘的異教(パガニズム)，密儀宗教，新プラトン主義等々[14]。

　ではミルトンの場合にあてはまるヘルメス学とはどのレベルのことなのであろうか。プラトンとの兼あいでいえば，ネオプラトニズムであるのはまちがいないとして，key は daemons にあると見る。一体ダイモーンとは何なのであろうか。

　星（これは火から成り，神々でありまた神々の型なのであるが）と人間との間に，エーテル，空気，水よりなるダイモーンがいる。プラトンの『饗宴』におけるエロースのように——全く物理的な意味で——彼等は神々と人間の間の溝を埋め，両者と意思疎通を図る[15]。

　要するに神と人間の中間的存在で，万物こと地水火風の４大のいずれにも存在する霊ということになる。キリスト教の元来の神は唯一神であるから，これを強調すると，もろもろの霊は衰退することになるのだが，Cornelius Agrippa (1486〜1535), Marsilio Ficino, Giordano Bruno (1548〜1600) 等のネオプラトニズムがヘルメス伝統と関連づける星，惑星，元素，テウル

ギー（神秘的呪術）に出てくる古い神々やデモンを呼びさましたのである[16]。

先のメランコリー自体が既にヘルメス学的である。惑星と体液の照応を前提としているからである。つまりこれは，「上なるものの如，下なるが如し」("As above, so below") という中世のヘルメス思想，『エメラルド板』(la Table d'Emeraude) の反映ともとれるからである。

ともあれ，daemon は *daimon* また demon ともまたひいては devil とも連がる言葉である。demon や devil は，今日通常悪魔や悪鬼を意味する。ヘルメス文書を繙いてみると，悪い場合にも，良い場合にも出てくる。悪い場合は，可視や身体や愛欲に傾く人間に働きかけて，罪を告発するいわば神の検察官のような役をする。(「ポイマンドレース」，23)[18] 良い場合は，「人間を神々に，神々を人間に結ぶ力」[19]と説明される。その他いわゆる守護霊を思わせる記述もある。「私たち一人が誕生し，魂を享ける時，ダイモーンどもは誕生の瞬間に応じた，星辰の一つ一つに従った僕として私たちと関わりを持つのです」[20]。が何よりも上の *Il Pen.*の詩行（85-96）の注解ともなると思われるのは次のような箇所である。

爬虫動物の魂は水棲動物へと変化し，（中略）陸棲動物の魂は鳥類へと変化し，空に棲むものの魂は人間へと変化し，人間の魂はまず不死性を受得してダイモーンへと変化し，それから同様に神々の合唱隊へと変化する[21]。

ミルトンの時代には，ヘルメス・トリスメギストスがプラトンに先行し，プラトンに影響を与えたとされていたことも思い起しておかねばならない。魂が変様してついに星に住む（神々の合唱隊は，惑星と恒星天の星々のこと）と思われていたのである。

the Bear (*l.* 87)「熊座」にはまた確別な意味がある。「熊座の星は（地平線下に）沈むこともなく，昇ることもなく，同一のものの回りを回転している[22]」「例の熊座は，みずから中心に回転し，全宇宙を引き回している[23]」。このようにみてくると，単に夜明しで勉強をしたという程度の意味でないのは容易に推察されてこよう。何だか気高い瞑想へ徐々に高められている様が

読みとれるのである。何故ならこの熊座は完全を表わすとされたからである。

　この段階を一歩一歩登るイメージは既に，"Cherub Contemplation" (*l.* 54) で暗示されていたとみることもできるのである。天使ケルビムは，いわゆる Jacob's Ladder ヤコブの梯子（創世記28：12）の metaphor だからである[24]。(Dürer の画の女神の翼と梯子を想起せよ)

　このように壮大な瞑想界の階段を一歩一歩登りつめて，神と照応する預言者 (something like *Prophetic* strain, *l.* 174) の域にまで達する喜び，これはヘルメス学的であると共にプラトン的[25]であり，まさにこの詩の主題なのである。そして，フローレンス・ネオプラトニズムの巨匠フィッチーノが「ポイマンドレース」と題するヘルメス文書を訳し，プラトンとプロチノスを訳したことに想到すれば，その余韻が遠くこの詩にまで及んでいることを，我々はイエイツと共に追認しざるを得ないであろう[26]。

〈付記〉　ミルトンの他の作品中に Hermes Trismegistus の出てくるところは，
　　　1) *De Idea Platonica*, *l.* 33,　2) *Ad Joannem Rousium*, *l.* 77.

III. オルフェウス

　この詩の不思議なところは，'*L'Allegro*' と共に，その軽そうな形姿(よそおい)にもかかわらず，ルネッサンス（特にネオプラトニズム）の特徴，就中，諸学融合が軽妙に実現していることである。前のヘルメス学で述べたほとんど同様の雰囲気は，別な観点，例えば，オルフェウス教や潜在するカバラ的要素等から眺めてもまた説明され得るからである。

　ヘルメス・トリスメギストスは，ギリシャの要素が濃厚であるにもかかわらず，エジプトに象徴される東洋(オリエント)的要素を含んでいることはまぎれもない。Orpheus はトラキア起源であるから，やはり東方の要素を内包していることは確かなようだが，一応ディオニュソス (Dionysius) などの神格と共に，歴としたギリシャの伝説上の詩人である。その語源は 'darkness' を表し，'night' などと関係が深い (cf. *PL* III, 17-18)。父親はトラキア王又はアポロ

にして，母親は詩神ミューズの一人 Calliope（叙事詩の女神）もしくは Polyhymnia（抒情詩の女神）とされる[27]。彼にまつわるエピソードはおよそ次の通りである。

1．妻エウリディケ喪失をハープの力で冥界から取り戻しそこなったエピソード。（『転身物語』（田中秀央他訳　人文書院　1966年）10巻11-77行）
2．アルゴ船に乗り込み，仲間をサイレンの誘惑から救った。（『アルゴナウタエ遠征譚』）
3．主神バッカスの巫女による八つ裂きのエピソード（『転身物語』11巻1-66行）
4．Elysium（極楽浄土）で弦かき鳴らすオルフェウス（『アエネーイス』6巻645行）

形式的には勿論抒情詩の祖として，彼に敬意を払うのは1つの習わしではある（*L'A., ll.* 145-150, *Il Pen., ll.* 105-108. *Lyc., ll.* 58-63）。だがミルトンにおいては Muse との関係（*PL* VII, 37）からいっても，また音楽の関係からいってもなかなかの背景があるとせねばならぬ。

また彼を祖とするオルフェウス教なるものがあって，BC 6世紀頃に紀元を有するらしい。「霊肉二元論にたち，霊魂が肉体から解放されて神と合一できるとする。そのための戒律厳守・禁欲をおこない……霊魂を浄化しはじめて輪廻の業を脱し永遠の幸福に入ることができる[28]」というのである。これはピタゴラス等に相当影響を与えたという。

彼にまつわる文書も幾つかあって，1）冥界での過ごし方を述べた『金の文字盤』　2）'Orphic hymns'と称されるもの（1432年にコンスタンチノープルで再発見された）。3）『アルゴナウタエ遠征譚』（*Argonautica*）及び『鉱物の効能』（*Lithica*）で共に後世の作である[29]。

オルフェウスが古代楽器 lyre（リラ）の名手であるとするのは，Ovid の上の挿話に基づくにしても，その起源はかなり神秘のベールに閉ざされている。何しろ彼が七弦の楽器をかき鳴らすと，草木や石までもなびくというのであるか

ら。が，アポロとミューズがギリシャの神格にして音楽の神々であるのはつとに知られたことで，しばしばオルフェウスとその面で関連づけられる（『アエネーイス』11巻冒頭）。またオルフェウス教では，バッカスことディオニュソスがその主神 (cf. *L'A., l.* 16) であり，邪神サターン (Saturn, cf. *Il Pen., l.* 24) と対比せしめられ，また確かにピタゴラスの数秘学に由来する天球の音楽とも関連づけられている。オルフェウスの lyre は，harp と同意語の如く用いられ，天球の音楽は天使の聖歌隊の音楽ともなる[30]。

　ミルトンにあっては音楽は song のことであり，song は詩と同義[31]であり，"*Il Penseroso*" ではオルフェウスの哀切な旋律の伎倆が，メランコリーのカタログとして登場 (*ll.* 105-108) する他，ジュピターの祭壇をとりまく Muse たちの歌 (*ll.*47-48) また最終の天上の楽音によるエクスタシー (*ll.* 161-165) へ連動する。しかもオルフェウス教のまじないによって，'*L'Allegro*' においては，バッカスに配されたヴィーナスがその従者三女神 Graces と結託してサターンの悪いメランコリーの影響を防ぐ手助けをし[32]，一方 "*Il Penseroso*" では，サターンが Vesta に生んだ子が 'divinest Melancholy' なのであった (*ll.* 22-24)。且つオルフェウス教ではサターンは conception を司どるとされるから，メランコリーのすべてのカタログにその影響が及ぶとみなされる。そして特に Cherub Contemplation (*l.* 54) と響きあっている。また '*L'Allegro*' でもオルフェウス自身が，無上の音楽の，従ってまた詩作 (creative imaginative force)[33]の達人として登場する。つまり，"*Il Penseroso*" を陰とするならば，'*L'Allegro*' は，いわば陽として，相補的に配されているのがわかる。Fixler によれば[34]，その詩行に付された 'half' の一字が，enigma（なぞの言葉）ですらある。

　　... to have quite set free
　　His *half*-regain'd Eurydice.

　　　　　　　　　　　　　　　　　　　　　　　　L'A. ll. 149-150

　何故ならば，これは，"*Il Penseroso*" のオルフェウスの件の直後の行と秘かに響きあっているというのである。

"Il Penseroso" の背景

> Or call up him that left *half* told
>
> *l.* 109

　ここはチョーサーの『カンタベリー物語』の「楯持の話」のところで，耳にささやけば，好きなところどこへでも連れていってくれる真鍮の馬と触れると鳥の言葉のわかる指輪や魔法の鏡やらが出てくるのだが，話が中途で終っているのである。この話全体は魔法（マジック）に深く関係し，しかもそれは半分で終っているというところに謎が隠されているとこいうことなのである。

　ミルトンが 'Orphic hymns' を読んでいたことは，疑う余地がない。ケンブリッジ在学中の作「弁論演習」（'Prolusions', 1）にその詩行の引用[35]があるからである。しかも Tillyard によればこれがこのコンパニオン・ポエムズの素材なのである[35]。ネオプラトニスト，Pico（della Mirandola, 1463〜94）や Agrippa が，ヘルメス学やカバラと同様 'Orphic hymns' にも通じていたようで，彼等はこれを文学形式としてだけではなく，神秘哲学として受け入れていたようである[36]。その見地より言えば，「もろもろの霊や人間の霊の神秘的な操作の基礎」[36]とみなされていたのである。

　かかるもろもろの事実がわかってみれば，Orpheus は，両詩を通じ，シンボリックに隠れたテクニックとして機能している[37]ことがわかると共に，陰（*Il Pen.*）陽（*L'A.*）両者を陰でとりもち，融合せしめ，統一せしめていることがわかるのである。

> 堂々たる礼拝の，声量一杯の
> 聖歌隊の，朗朗たる聖歌に，
> オルガンを，精一杯響かせよ。
> 御同様，美事に，耳づてに
> 私をうっとりとろかしめ，
> 天界ことごとく我が眼前にあらせかし。

> There let the pealing organ blow

>   To the full-voiced quire below,
>   In service high and anthems clear
>   As may with sweetness, through mine ear,
>   Dissolve me into ecstasies
>   And bring all Heaven before mine eyes.
>
>   *ll.* 161-166

　Heavenly harmony こそ対極の相入れぬ 'half' を，溶解して結ぶ秘儀なのである。この最終的な天球の和音によるエクスタシーと和解は，ピタゴラス，プラトン的であり，またヘルメス学的認識(グノーシス)であると共に，オルフェウス的なテウルギーでもあるというのだ。

　ミルトンは *Zohar*（『光輝の書』13世紀末）やユダヤのカバラを直接学んだ形跡はない。だがルネッサンスもしくは17世紀のカバラ，いわゆる Christian Kabbalah を学んだことは確かなようだ。それは Pico, Reuchlin (Johann, 1455~1522), Fludd (Robert, 1574~1637), Henry More のそれであるという[38]。この詩には一見カバラを指し示すものはないようにみえる。しかしながら，ヘルメス学等でたどった魂が肉体から離れて上昇し，ついには神と合一するといったようなことは，またカバラからも説明される要素なのである。しかしながらこの問題は，もう少し視野を広げてミルトン全体で考えねばならぬであろう。

注
I

1) フランセス・イエイツ『魔術的ルネッサンス』内藤健二訳（晶文社，1984年）83頁。
2) Jean Seznec, *The Survival of the Pagan Gods* (N. Y., 1972), p. 47. 但し惑星は F.イエイツ (Frances A. Yates, 1899~1981, 上掲書) より付加。
3) （読売新聞社，1983年）166-167頁。
4) 吉川逸治他監修「ミケランジェロ」『世界美術全集』⑥（集英社，1980年）

110頁。
5) テキストは，F. T. Prince, ed. *Comus and other Poems* (O. U. P., 1968) を使用。
6) Erwin Panofsky, *Albrecht Dürer*, vol. 1. (Princeton U. P., 1948), pp. 156-171.
7) Cornelius Agrippa von Nettesheim, *De Occulta Philosophia*, 1531.
8) イエイツ，(前掲書) 93頁。
9) Lawrence Babb, *SP* XXXVII, 1940, p. 262.
"They say that black bile must be qualified by intermixture with other humors. Many of them adopt Aristotle's idea that melancholy must be moderately hot if it is to heighten the mental powers."
"those with whom the excessive heat has sunk to a moderate amount are melancholic, though more intelligent and less eccentric, but they are superior to the rest of the world in many ways, some in education, some in the arts and again in statesmanship." *Aristotle* XVI *Problems* trans. W. S. Hett and H. Rackham (London, 1983), p. 163.
10) Babb, p. 267.
"The Renaissance held simultaneously two conceptions of melancholia. According to Galenic tradition, melancholia is a most ignominious and miserable condition of mind ; according to the Aristotelian tradition, it is a most admirable and enviable condition of mind."
11) 一つは，バートンの『メランコリーの分析』と共にこれに付した詩。"The Author's Abstract of Melancholy"，第二は William Strode のものとされる "Melancholy" と "Opposite to Melancholy"。第三は，Marston の *Scourge of Villainy*。尚，一と三とは初期の注解者 Warton の指摘により，これを踏襲する注解者が多い (以上 Babb, *op, cit.*, pp. 272-273.)。G. W. Whiting, *Milton's Literary Milieu* (N. Y., 1964), chap., IV 及び W. J. Grace, "Notes on Robert Burton and John Milton," *SP* 52 (1955), 578-583 はバートンの *Anatomy* そのものの中にミルトンの素材を跡づけている。しかしイエイツが指摘するようにバートン自身が大陸の (例えば Aristotle,

Dürer などの）影響を受けていたとみる方が順当だろう。(『魔術的ルネサンス』199頁。The Anatomy of Melancholy vol. 1. (London, 1961) p. 392. "as Albertus Dürer paints Melancholy,..." or Whiting, p. 176. "... as Burton, quoting Aristotle, says, this humour 'causeth many times divine ravishment, and a kind of *enthusiasmus,* which stirreth them [learned men] up to be excellent Philosophers, Poets, and Prophets.'"

II

12) 柴田有『ヘルメス文書』解説，(朝日出版社，1984年) 16-17頁。
13) Irene Samuel, *Plato and Milton* (Cornell U. P., 1965), p. 35. F. A. Yates, *Giordano Bruno and The Hermetic Tradition* (London, 1978), p. 280.
14) セルジュ・ユタン『錬金術』有田忠郎訳 (白水社，1983年) 79-80頁。
15) Philip P. Wiener ed. "Demonology" *Dictionary of The History of Ideas* (New York, 1964), p. 669.

"Between the stars (which are made of fire and are either gods or images of gods) and men are the daimons made of aether, air, and water. Like Plato's Eros in the *Symposium*—only in a physical sense—they fill the gap between gods and men and communicate in both directions." cf. "Daemons" *A Milton Encyclopedia* gen. ed. William B. Hunter, Jr. vol. 2. (New Jersey, 1978), p. 140.

"In the earliest Greek texts the term *daimon* is used to designate a spirit intermediate between the gods and men; such beings were believed to inhabit the four elements (especially the air) as well as minerals, dens, and caves."

16) *Dictionary of the History of Ideas,* p. 669.

"In Renaissance Christian thought it is clear that the divine is not locatable in anything short of God, whose essence is unique, but the revived Neo-Platonism of Cornelius Agrippa, Marsilio Ficino, and Giordano Bruno brings with it the old gods and demons located in the stars, planets, and elements and the theurgy associated with them in the Hermetic tradition."

17) ユタン『錬金術』(前掲書) 61頁。
18) 荒井・柴田訳『ヘルメス文書』(前掲書) *CH* I, 23　IX, 3, XVI, 14-16.
    (*CH* は *Corpus Hermeticum* の略)
19) *CH* X, 23.
20) *CH* XV, 15.
21) *CH* X, 7.
22) *CH* II, 7.
23) *CH* V, 4.
24) Gerard H. Cox, "Unbinding 'The Hidden Soul of Harmony': *L' Allegro, Il Penseroso,* and The Hermetic Tradition." *Milton Studies* XVIII ed. J. D. Simonds (Univ. of Pittsburgh Press, 1983), p. 53.
    "From the Cherubins, is light of mind, power of wisdom, very high phantasies and figures, by the which we are able to contemplate even the divine Things;" ... In a metaphor that presumably derives from Genesis xxviii, 12, Agrippa concludes, "These are the degrees, these the *ladders,* by the which men easily ascend to all kinds of powers."
25) 「ティマイオス」種山恭子訳『プラトン全集』12 (岩波書店, 1981年), 14B (58頁), 43B-D (174頁).
26) F. A. Yates, *Giordano Bruno and The Hermetic Tradition* chaps. I-IV esp. p. 280. "In the supreme Hermetic experience, as described in *Pimander,* in which the soul was transformed into the light of the divine *mens* in the likeness of which it was created, the body "slept" during the whole vision, the senses being bound whilst the soul left the body to become divine. The Hermetic trance is described by Milton in *Il Penseroso,* his poem on melancholy."

                                III

27) *Encyclopaedia Britannica,* vol. 16 (1964), p. 922.
28) 『哲学事典』(平凡社, 1961年) 167頁。
29) *Britannica,* p. 922.
30) Sigmund Spaeth, *Milton's Knowledge of Music* (Ann Arbor, 1963), p. 34.

"Just as the lyre is the instrument of Appolo, of Orpheus, and of departed spirits, so the harp is the instrument of the celestical choirs."

31) *Ibid.*, p. 52. "All poetry is song." "Song might be worded as 'the expression of thought in rhythmical form."

32) '*L'Allegro*,' *ll.* 14-16. Michael Fixler, "The Orphic Technique of '*L'Allegro*' and '*Il Penseroso*,'" *English Literary Renaissance* I (1971) p. 171. "United with her sister Graces... she [Venus] helps to protect against the more malign of Saturn's melancholy influences."

33) Fixler, p. 176.

34) *Ibid.*, pp. 173-174.

35) *Prose*, Hughes p. 11. See also E. M. W. Tillyard, *The Miltonic Setting* (Cambridge, 1938), pp. 1-28.

36) Fixler, p. 166. "Orphic incantations are not simply a literary genre but a sacred, occultic revelation, and that practically they are to be treated, like Cabbala, as a basis for esoteric manipulations of Spirits, and of the human spirit."

37) *Ibid.*, p. 176. "his techniques are often a symbolic dimension of his meaning which may be inessential to grasp consiously but to which we must respond in the totality of the effect upon us of the harmonic resolution his important poems always aim at."

38) R. J. Zwi Werblowsky, "Milton and the Conjectura Cabbalistica," *JWCI* XVIII (1955), 90-113.

"*Il Penseroso*" の背景再考
―― ミルトンとネオプラトニズムの一側面 ――

　この主題はつい2，3年前に扱ったのではあるが[1]，これを扱いながら，これは結局ミルトンとネオプラトニズムの関係を探る手掛りにもなるのだなと気付かされていた。そこで折にふれてネオプラトニズム関係の資料を集め，当たってみたりしたので，ここに改めて，再考という形で発表することにした。

　E. M. W. Tillyard の *Miltonic Setting* (London, 1966) の Setting は背景の意味だろうから，先ずそこからはじめることにする。その第一章が '*L'Allegro*' and "*Il Penseroso*" 論であって，その前半の Masson (David) に対する date への反論の後（つまりホートン時代の作でなくケンブリッジ時代の作と位置づけた。*c.* 1631)，第3項において，「第一弁論演習」(First Prolusion) との関連が指摘され，まさにこの companion poems は，それのバーレスク（burlesque もじり詩）だという[2]。これは今日でいえば，例えば ESS の debate をラテン語でやるようなもの（但し賛成・反対の双方に分かれてする正規の学校の教科としての弁論術）であって，1st Prolusion では 'night' に対して 'day' の優位を，それぞれの神話の系譜や rhetoric を駆使して弁じたものである。これの 'もじり詩' ということは，勿論 '*L' Allegro*' の day, "*Il Penseroso*" (以後時に省略して *L'A.* と *Il Pen.* にする) の night という対応になる理屈(わけ)である。これに対して1st Prolustion より，7th Prolusion の方を指摘して強調しているのが，新井明氏であって，これは Parker (William　Riley) も評価しているところである[3]。7th Prolusion は英訳すると *Learning* Makes Men Happier than *Ignorance* というタイトルになる。従って *L'A.* が Ignorance, *Il Pen.* が Learning という対応になる。筆者は要は，このケンブリッジ時代の弁論演習が，この twin poems の第一の背景になっていたということは認めるが，それが第1

か第7かというふうにきめつける必要はあまりないのではないかと考える。要するにこの賛成・反対という弁論のパラダイムが反映しているものと考えるわけである。

さて次いでTillyardは欧米の学者よろしく，既説の論であるBurton (Robert, 1577〜1640) の *The Anatomy of Melancholy* (1621, 特に前書きに付された'Abstract'がミルトンの素材の一つとされる) 説にたてついてこれを展開したわけだが，筆者はTillyard・新井説が最も近接した第一の背景となる円周だとすれば，次なる外円はやはりBurtonにあると考える。何故ならば，メランコリーの問題が何といっても無視し難いからである。この点を強調しているのがWhiting (George Wesley)[4]とGrace (William)[5]であって，後者は特に文言上の類似を幾つか羅列している。例えば，

1) "divinest Melancholy" (*Il Pen., l.* 12)
 "Ecstasis is a taste of future happiness, by which we are united unto God, *a divine melancholy,* a spiritual wing." *The Anatomy of Melancholy*, ed. G. Bell's (London, 1927), III, 394.

　　　　　　　　　　　　　　　　イタリック：筆者，以下同。

2) "The Cherub Contemplation" (*Il Pen., l.* 54)
 "It is *the eye of contemplation* by which we must behold it, *the wing of meditation* which lifts us up and rears over souls with the motion of our hearts and sweetness of *contemplation*." (III, 364)

3) "In dark Cimmerian desert ever dwell." (*L'A., l.* 10)
 "power of superstition in keeping people blind in *Cimmerian darkness*" (III, 390)

4) "*Towered cities please us then,*" (*L'A., l.* 117)
 "The country has his recreations. *Every palace, every city almost,* hath his peculiar walks, *cloisters, terraces,* groves, theatres, pageants." (II, 90-91)

5) "Lap me in soft *Lydian airs.*" (*L'A., l.* 136)
 "Sweet voice of children, Ionic and *Lydian tunes* exquisite music."

(II, 132-137)

まだあるのだが，これ位で十分その文言においてもその想においても Burton に負うている[6]ことは認めざるを得ないであろう。

それにもかかわらず筆者は，これも背景としては，この twin poems の二番目の外円を形づくるに過ぎないといわざるを得ない。メランコリーは何もバートンだけの専売特許ではないからである。これを広くエリザベス朝及び初期スチュアート朝に流布した「病理」(malady) の見地から論じているのが Babb (Lawrence) であって，バートンも相当引用されているから重要な参考文献には違いないが彼はそのバートンについて次のように言っている。

> 大変しばしば，作家はそれをひきおこす体液を特定することなく，メランコリーの特殊形態を述べる。バートンはこの種の無視を大いにしがちである[7]。

要するにこの時代の科学（特にここでは医学・心理学のこと）というのは，現代の概念とはまるで違うのであって，矛盾を追求して原因を究めるという方向に向かわなかった。むしろ古典の文献に権威を求め，専門と素人の区別があいまいで，さまざまな矛盾に無神経であり，あるいは混合主義がばっこうし，時には対立することがあっても，互いに許す体質があった[8]。*L'A.* 及び *Il Pen.* に関しても，特に重要なことは，上述のような意味で，melancholy に対する二つの相対する伝統にミルトンが応じてこれを発想しているということである。一つは忌むべき不幸な精神状態（ガレノス，*L'A.*）であり，今一つは大変称賛すべき望ましい精神状態（アリストテレス，*Il Pen.*）なのである。従ってミルトンはガレノスの伝統に基づく忌むべきメランコリーを 'L'Allegro' において追い払い，アリストテレスの伝統に棹さす望ましいメランコリーを "Il Penseroso" で称えたということになるのである[9]。

Babb のイギリスにおける時代背景を我々は第三番目の外円として位置づけるとすると，もう一回り外の円周は大陸つまりドイツのネオプラトニズム (*e. g.* Henry Cornelius Agrippa, Albrecht Dürer) 更にはその震源地フロー

レンス・ネオプラトニズム (Marsilio Ficino, Giovanni Pico della Mirandola) と逆のぼることになる。この問題, 特に Dürer に関わる部分は拙稿で既に述べた[10]ので省略するとして, 若干補足するに留める。それはミルトンの *Il Pen.* のどこに, アリストテレス的要素つまりほどほどの熱が配されているのかという問題である。欧米の批評家は誰も言ってないので, 筆者の自己了解的独見であることを恐れるものであるが, それは先ず, 1) Vesta なのである。Vesta は御承知のように Goddess of hearth ('いろりの女神' といったところ) である。ところでこの hearth は *fire* の縁語であり, Goddess of *fire* に読みかえられるが故に, Vesta は女神なのである (ネオ・プラトニズムでは, 火は天に関わる物質とされた)[11]。Saturn が彼女に生んだ子がミルトンの *Il Pen.* の Melancholy なのである。しかもこの系譜はミルトンの創案なのである。2) は cricket (*l.* 87 コオロギ) である。日本の風流では秋の虫はともすると, "わび・さび" に通じ, その意味で渋いメランコリーととられがちであるが, あちらの風流はそうではない。原文を示すと,

Far from all resort of mirth
Save the cricket on the hearth

ll. 81-82

前後関係でわかるのだが, むしろ mirth の仲間で, "the cricket on the hearth" は例の Dickens (Charles, 1812〜70) の短編を想起せざるを得ないが, これを「炉辺のコオロギ」とするのは, 正しくないのである。hearth には炉辺の他にもう一つ炉床の意味があり (Lockwood), ここは炉床の意味で「いろりのコオロギ」とする方がよいのである。何故かというとドイツのネオプラトニスト Agrippa は, コオロギをあの火中にいても燃えないという錬金術の火のイコン, サラマンダーと同列においているからである。

1) So *salamanders and crickets* live in the fire, although they seem sometimes to burn, yet they are not hurt.[12]

2） others also are fiery, living in the fire as *salamanders and crickets*.[13]

アグリッパがデューラーに影響を与え，デューラーとアリストテレスがバートンの *Anatomy* にも出てくる[14]ことは追認しておいてよいであろう。従ってほどほどの熱はこのようなところに配されているのであって，これがアリストテレスの伝統に連なる要素を維持し，且つそれがあちらのこの当時の風流の流儀であったかと思われる。

さてメランコリーの問題の震源地は何んといってもフローレンス・ネオプラトニズムである。そしてまた Ficino であることも常識だろう。ここでは彼が，アリストテレスのほどほどに温めるというところに注を付して，その割合まで書いているということを言うに留める[15]。

我々はミルトンの *Il Pen.* をとりまく円周を前段は主としてメランコリーに集中してたどってきたが，丁度メランコリーの場合についてもそうであったように，ネオプラトニズム自体についても混合主義（syncretism）もしくは偉大な融合主義的傾向が顕著なのであって，背景としては更に三つのことがいえるのである。その第一はヘルメス学（hermeticism）であり，第二は 'Orphic hymns' ことネオプラトニストのいうオルフェウス教であり，第三は Cabalistic glimpse である。*Il Pen.* を中心とした同心円構造は，メランコリーの場合と全く同じではないにしても，ほぼ似たようなことがいえる。例えば Orphic hymns についていうと，これが「第一弁論演習」で引用されているといった具合である。

ヘルメス学とは何かについては，上述の拙稿で述べたので省略する。震源地はまた何といっても Marsilio Ficino で1471年[16]『ポイマンドレース』（*Pimander*）のギリシャ語からラテン語への翻訳の出版に由来する。『ポイマンドレース』はヘルメス思想における叡知の神の名で，厳密には最初の一編を指すのであるが，これによって，『アスクレピオス』（*Asclepius*）を除く『ヘルメス文書』を代表せしめている。ヘルメス学でミルトンに到る系譜は 1) Alberti, Leon Battista （1404～72）のヴィトルヴィーブスをまねた『建築十書』（*De re aedificatoria libri* X, 1485）で有名 2) Jakob Böhme （1575～1624）『神智学的諸問題』（*Vierzig Fragen von der Seelen*, 1620）

『曙光』(*Aurora oder Morgenröte im Anfang*, 1612) 3) Milton (1631？in *Il Pen.*) といったところ。*Il Pen.* の詩行 (*ll.* 85-96) への解説も既にしたので，繰り返すことはやめるが，ここがヘルメス学くさいと割合早目にほのめかしているのは Irene Samuel[17] なのだが，本格的にこれを扱ったのは Don C. Allen[18] である。そしてこの見地はもはや当然のものとして，F. Yates[19] によって retold されている。この思想のエッセンスのみを語調を変えて再話すると，先ず背後には，錬金術的弁証法というべきものがある。水銀（液体）を正とすれば，硫黄（固体）は反，そしてこれを合体させて金（のように価値あるもの）を創り出す。秀れて俗界逃避の精神主義で，その意味で神秘的な人生観そのものだとも要約できる。瞑想の内なる壮大な宇宙観，flexible な四大の世界から鍛練を積んで，上なる世界へ一歩一歩上昇し，流出の根源なるもの（＝神，ヌース，メンス，ポイマンドレース）と合一することをめざす。完全な秘密主義で奥義は絶対人に伝えず，また個人的体験なので伝えられもせず，また軽々に伝えることを潔しとしない。そういうわけで自ら気付くものの他は，限りない神秘のベールに閉ざされている。しかしながらタロットカードの世俗化であるトランプのように，気付きさえすれば，奥義の表象はその辺にさりげなくころがっている。先のメランコリーの問題にしてからが錬金術的である。例えば，錬金作業の第一段階ニグレド nigredo（黒化）は心理学的に言い直せば影との出会いに当たり，これを当時はメランコリア melancholia（黒胆汁病・うつ病）だと感じたのだ[20]。ミルトンの一見相反するかに見える Mirth 賛歌（*L'A.* のテーマ）と Melancholy 賛歌 (*Il Pen.* のテーマ) も，その観点より見れば，最後には融合・合一が運命付けられている。*Il Pen.* が *L'A.* より24行長いのはその為であり，そして合一は達成される。天球の和音がそれであり，しかもこれは黙想裡（実際目をつぶっている）に達成される。後段のオルフェウスに関係するのだが，これは，E. Wind によれば[21]，blind Cupid の意味するところでもある。しかも目指すは星世界（大熊座 the Bear, *Il Pen. l.* 87），完璧な理想郷なのである。余談になるが，C. S. ルイス (Clive Staples Lewis 1898〜1963) の『ナルニア国年代記』(1950-1956) の *The Voyage of the Dawn Treader* や *The Last Battle* に出てくる星聖人達を想い起してもよいだろう。

今日の学者，例えば I. M. Linforth[22]はオルフェウス教なるものの存在に懐疑的である。氏は Orphics という言葉より Orphism が適当であるという。そのいわんとするところは，およそ明確な証拠（石碑とか古文献など）だけでも，12以上を列挙し，それらの互いの関連を一部を除いて退け，単に Orpheus という名のついた"寄せ集め"（an aggregation p. 291）にすぎないと断ずる。つまり歴史的というか時間のずれ，また地域的に別のものの総合体であるという。そしてその多くは事実があったかもしれないが，いわゆるギリシャ劇や詩，哲学に由来する虚構という[23]。「ただ異端がキリスト教と血みどろの戦いをしていく過程で，オルフェウスの名を冠した諸々のものの中に，特別固有な宗教心の表明があって，それがネオプラトニストには活々と且つ膨大であったので，オルフェウスがギリシャの多神教そのものの創始者と断言されてしまった」[24]のであるという。これを受けてルネッサンスの Christian Platonism 研究家，D. P. Walker 氏も Orpheus を論じている[25]わけであるが，どうも monotheism（一神論）が受けたらしいという。

Zeus is one, Hades is one, Helios is one, Dionysius is one. One God in all. Why should I speak to you of them separately ?[26]

つまりネオプラトニストにとっては，One（一者），Mind, Soul といったようなことが，キリスト教の Trinity の予徴（foreshadowings）[27]とみえ，また Orpheus 自身はキリストの型[28]とさえ思われたのであった。

彼にまつわる文書は15世紀に到るまでひきもきらず，Linforth によると，ギリシャ古典劇詩集の全ての失われた文献よりまだ多かろうという。その中でルネッサンス期，つまりネオプラトニストにとって最も重要と思われる文書は，'Orphic hymns'（Orphei hymni）といわれるもので，オリジナルは AD 2～3世紀頃らしいが，1432年にコンスタンチノープルで再発見され，教祖フィッチーノのラテン語訳で流布したらしい（1462年 Walker, p. 28）。内容は，86＋1の Eros をはじめとするギリシャ神話になじみの神格への賛歌よりなり，中には天然現象や personal gods も含むということである[29]。

が，おかしなことにギリシャ世界ではみられぬ神格を沢山含んでいて，それもそのはず，これはほぼ考古学的には確かめられていて，地域は西小アジアのたぶん Pergamum だろうという[30]。

以上のことは，現代に到ってわかり得た知識ということであって，上述のようにネオプラトニストにとってはオルフェウスは神格であり教祖であり，詩人であり，音楽の達人であり，司祭ですらあった。先にも述べたことだがミルトンもこの流儀に倣って秘かにオルフェウスを司祭（詩人・楽神）にみたてているのである[31]。

ヘルメス学やオルフェウス教でたどった魂が肉体から離れて上昇し，ついには神と合一するといったようなことは，またカバラからも説明される要素なのである。ミルトンは Zohar やユダヤのカバラを直接学んだ形跡はない。だがルネッサンスもしくは17世紀のカバラいわゆる Christian Kabbalah を学んだことは確かなようだ。R. J. Zwi Werblowsky によれば，それは Reuchlin, Fludd, Henry More のそれであるという[32]。

カバラそのものがユダヤ教の異端ではあるが，今日ショーレム（Gershom Scholem 1897〜1982）の業績[33]を思い見れば，仮にそれを「ユダヤ神秘主義」と呼んでカバラの正統とすると，ライモンド・ルルス（Ramon Lull 1232〜 c. 1316)，ピコからミルトンに連なる系譜は異端の異端，島弘之氏が「メタ異端」[34]などと呼ぶところのものということになる。しかしこれもオルフェウスの場合同様「メタ異端」なりにそれ相当の歴史の積み重ねが出来上っており，正統のユダヤ神秘主義にほど遠いにしても，一つの巨大な世界を作り上げていることも確かなのである。

メルカバー（Merkaba, 神の戦車 エゼキエル書10：18-20）また Jacob's Ladder の暗喩（Agrippa)[35]ともとれる Cherub Contemplation (*l.* 54), Watch Tower こと瞑想の完成を意味する some high lonely tower (*l.* 86), daemons (*l.* 93) 天使達の合唱 (*ll.* 151-154. *ll.* 161-161), do attain To something like prophetic strain (*ll.* 173-174) 等この意味での cabalistic glimipse でもあることはまちがいのないところであろう[36]。

これ等すべては，大げさな理屈にみえるがルネッサンスの後塵を拝する17

世紀前半の文人にあっては、まあミルトンの天才的素質は認めるにしても、さほど大げさな作法でもなかったであろう。つまり "Il Penseroso" は 'L'Allegro' と共に、ほんの軽い心地よい小品であるということには変わりはないのである。ただ今日の読者がこれを読み味わうとなれば、それ相当の背景を知る必要があるということなのである。

注

1) 但し本稿は1985年11月30日 "'Il Penseroso' の背景" として17世紀英文学会東京支部（於日本女子大）にて発表したものに基づく。

2) "Now in their context they are plainly burlesque, especially the second, and it can hardly be doubted that the opening of L'Allegro is burlesque also." p. 18.

3) 『ミルトンの世界』（研究社、1980年）60頁及84-85頁。尚同氏の "John Milton in L'Allegro-Il Penseroso" 『名古屋大学教養部紀要』第七輯（1963年3月）も参照。

4) Milton's Literary Milieu (New York, 1964), pp. 140-141. "LA and Il Pen are much more truly exercies on the theme of melancholy, which has real significance in Milton's life."

5) "Notes on Robert Burton and John Milton" SP 52, (1955), 578-591.

6) "Thus the 'loathed melancholy' of 'L'Allegro,' as the melancholy arising from religious superstition, and the 'divinest melancholy,' as the melancholy that leads to the perception of the beauty of God, are both fully explained in Burton." Grace, p. 583.

7) The Elizabethan Malady : A Study of Melancholia in English Literature from 1580 to 1642 (East Lansing, 1951, 1965) p. 68. See also B. G. Lyons, Voices of Melancholy (N. Y. 1975).

8) Ibid., pp. 69ff.

9) Babb, L. SP XXXVII, (1940), p. 267.

10) 前章参照。128頁。

11) "Vesta was primarily the goddess of fire, with which element her name

12) is thought to be etymotogically connected.... Thus Melancholy is a celestial being at first." Charles G. Osgood, *The Classical Mythology of Milton's English Poems* (New York, 1964), lxii-lxiii.
12) *Occult Philosophy* BK 1. ed. Willis F. Whitehead (Chicago, 1898) p. 61. 原文はラテン語で1531年出版, 本書はその modern version.
13) *Idem.*, p. 54. 尚アグリッパとミルトンとの関係については F. イエイツ『魔術的ルネサンス』(晶文社, 1984年) 93頁参照。
14) vol. 1 (London, 1961) e. g. "as Albertus Dürer paints Melancholy,..." p. 329. "Why melancholy men witty, which Aristotle had long since maintained in his Problems." p. 422.
15) "eight parts of blood, two of yellow bile, and two of black bile." Babb, *Malady*, p. 60. Note. 8：2：2であるからほどほどどころか相当の熱量になる。これは *De triplici vita* (p. 17) からの孫引き。
16) F. A. Yates, *Giordano Bruno and Hermetic Tradition* (Chicago, 1978) p. 17. 1482. 1484説もある。原稿は1463年に出来上っていた。以後 *Bruno* とする。P. O. Kristeller *The Philosophy of Marsilio Ficino* tr. V. Conant (Gloucester, Mass, 1964), pp. 17-18.
17) *Plato and Milton* (Ithaca, 1947, 1965), p. 35.
18) *The Harmonious Vision* (Baltimore, 1954), pp. 3-33.
19) *Bruno, op. cit.* p. 280.
20) C. G. ユング『心理学と錬金術』 I. 池田統一他訳 (人文書院, 1984年) 59頁。
21) Edgar Wind, *Pagan Mysteries in the Renaissance* (Oxford, 1980), p. 78. "Love is said by Orpheus to be without eyes because he is above the intellect." See also p. 57.
22) Ivan M. Linforth, *The Arts of Orpheus* (Berkeley, 1941. repr. N. Y., 1973)
23) *Ibid.*, pp. 293-294.
24) *Ibid.*, p. 30.
25) D. P. Walker, *The Ancient Theology* (London, 1972) ch. 1.
26) *Ibid.*, p. 30. cf. p. 31 逆の解釈も紹介されている。

27) *Ibid.*, p. 40.
28) Ivy Dempsey, 'To "Attain To Something Like Prophetic Strain,"' *Papers on Milton,* ed. P. M. Giffin & L. F. Zimmerman (Tulsa, Okla., 1969), 9-24. "The story of Orpheus... had moved to early Christian theologians to identify him [Orpheus] as the pagan type of Christ." *Ibid.,* p. 19.

[ ]：筆者加筆
29) Linforth, p. 181.
30) *Id.,* p. 184, 186, 263.
31) "The theologian of the Greeks himself [Orpheus] therefore calls this Amor blind..." Wind, *op. cit.* p. 57.
32) R. J. Werblowsky, "Milton and the *Conjectura Cabbalistica*", *JWCI* XVIII (1955), 90-113.
33) ゲルショム・ショーレム『ユダヤ神秘主義』山下肇他訳（法政大学出版局，1985年）同『カバラとその象徴的表現』小岸昭他訳（法政大学出版局，1985年）
34) 「ショーレム以前以後」『ユリイカ』8（青土社，1985年）178頁。
35) "From the Cherubins.... In a metaphor that presumably derives from Genesis xxviii, 12, Agrippa concludes, 'These are the degrees, *these the ladders,* by the which men easily ascend to all kinds of powers.'" Cox, Gerard H. "Unbinding 'The Hidden Soul of Harmony': *L'Allegro, Il Penseroso,* and The Hermetic Tradition," *Milton Studies* XVIII, ed. J. D. Simonds (Univ. of Pittsburgh Press, 1983), p. 53.
36) エゼキエルのケルブと Watch Tower については新井明氏の "John Milton in *L'Allegro-Il Penseroso*"（注3）各5頁及び6頁参照。

更に Variorum Commentary（参考文献参照）が Cherub Contemplation の箇所でピコの *Oration on the Dignity of Man* から引いている。

ゼヴ・ベン・シモン・ハレヴィ『ユダヤの神秘』カバラの象徴文学　大沼忠弘訳，（平凡社，1982年）ダイモーンや天使については87-88頁参照。Jacob's Ladder については103頁参照。カバラの本なのにミルトンの詩集から幾枚か挿絵が転用されている。

『復楽園』における悪魔再考

　この題材について一度書いたことがあるが[1]今回は，視点を変えて，再考をしてみたいと思う。

　Paradise Regained（以後 *PR* とする）を読むことを難しくしている原因の一つは，多くの聖書文学がそうであるように，それの持つ三重構造の為である。一つは，明らかに聖書（マタイ iv. 1-11, マルコ i. 12・13, ルカ iv. 1-13）を典拠としているということ。二つは，ミルトンが，その個性と相まって，時代の諸々の影響の下に書いているということ。第三は，それを20世紀後半の人間が読むということである。

　さて，聖書そのものの釈義については，無関心というわけではないが，学問的に判別できる立場にいないので，差し控えたいと思う。

　17世紀のミルトンの立場はどうか。'brief epic' というジャンルに対して並々ならぬ努力を払ったということは既に定説である。他に筆者は，聖書釈義に対して払った努力も無視できないのではないかと思う。カソリックの聖書釈義の立場は，オリゲネス（Origen, c. 185～c. 254）からアウグスティヌスを経て，12, 3世紀に確立した。それには通常四つの意味があった。①文字通りの意味（歴史上の出来事）。②アレゴリカルな意味（typology を含む）。③道徳的・比喩的な意味。④神秘的（霊的）解釈である[2]。これに対しプロテスタントは，文字通りの意味を重視し，他を排した。ただ②番目の allegory に含まれる "typology" だけは，旧約聖書は，キリストについての書物であるとの観点から，これを文字通りの意味と併置して解釈した。

　ミルトンの聖書釈義の立場は，『キリスト教教義論』によれば，厳密にプロテスタントのそれである[3]。このミルトンの立場は，*Paradise Lost* はもとより，*PR* にも反映されていると考える。*PL* の場合は，例の11, 12巻において，アダムが示される黙示（旧約聖書の概要とキリストの降誕と終末）は "typology" として，第二のアダム・キリストに，概ね収斂されることは，大方の学者の指摘するところである。そして筆者はまた *PR* にもその立処は反映していると考える。即ち，*PR* のサタンは，ミルトンの時代までに到

る過去の歴史全てが打ちたててきたイエス・キリストではなく，'typology'は含むが 'historical' なイエスを向こうに回して誘惑しているのだと考える。そこからまたサタンの性格付けも自ずから生じてくるであろう。

×　　×　　×

さて，先ずこの歴史性の問題を考えたい。筆者の知る限り，PR の歴史性を疑う者はいない。最もアレゴリカルな解釈にみえる Schultz でさえ，歴史性を無視しない風なのだ[4]。ただ，歴史性の中味が問題となるであろう。これを大ざっぱに整理してみると，だいたい三つ位にまとめることができる。
(1) 歴史のイエスは勿論，過去（ユダヤ，ギリシャ，パルテヤ，ローマの一部），現在（AD 29年秋，もしくは30年），未来（初期教父から中世を経て，宗教改革まで）をパースペクティヴに包摂するような観点を持つとする者[5]。
(2) ミルトンが詩想したイエスであるから，歴史の等身大のイエスではないにしろ，'historical' Jesus を vision しようとしたということ。但し，今日の読者からみると，そこにミルトンというテレスコープを通した複眼構造を持った 'historical' Jesus の vision がある。そしてその複眼の weight は，過去を含むのは当然として，原点を中心にしている。未来は，せいぜい後のローマ帝国位までを透視し得るような要素を含む[6]。
(3) 多かれ少なかれ，時間という概念を媒体として，もう一つ別の観点が生ずる。即ち，歴史概念（timing カイロス ともいい得る）の意味のずれから，イエスとサタンのずれを説明する。換言すれば，サタンは「歴史は繰り返す」（つまり cycle）と考えた。だから過去の範例を挙げて，イエスに，それに習えと強要した。ところでイエスは，歴史を直線（linear）と捉える。創造の始めがあり，この世の終りがある。そして歴史に受肉し，その中心点となるのがほかならぬイエスである。この直線は，勿論繰り返されることはない（一回性）。

この考え方は，Zwicky[7]という人の考え方でこれに啓発されて，B. K. Lewalski 等[8]は，更に論を発展させている。尤も，この考え方になじま

い人には，Frye, Stein[9]がいる。更にこの立場から，'symbol' や 'icon' を強調する人に，Cope，やGrantがいる[10]。

×　　×　　×

　3番目の問題カイロスとクロノスは，要するに全体のテーマ理解の一つということであって非常に面白いのだが，筆者の当面の関心から少しずれるので，ここでは割愛する。従って問題は(1)同世代か，(2)原点主義かである。
　筆者は，(2)の立場をとる。詩人の筆の勢いは，epic convention への留意もさることながら，歴史家のtouchが無視できない。固有名詞を挙げる例の得意のepic catalogue は，弟子達のイエスのさ迷いし場所への推測にはじまり，Banquet Scene を経て，パルテヤ・ローマのmartial pageants へと及んでいる。そしてサタンとイエスが挙げる範例は，皆歴史的人物達である[11]。富の場面で，サタンが，ヘロデ王，イエスが，ギデオン，エフタ，ダビデ，Quintius, Fabricius, Curius, Regulus，名声と栄光の場面で，サタンが，アレキサンダー大王，スキピオ，ポンペイ，ジュリアス・シーザー，イエスが，ヨブ，ソクラテス，ユダの王国の場面で，サタンがティベリウス[12]，アンティオクス，マカベウスといった具合である。
　富，名声，ユダの王国とあまり目立たない部分だけでもこれだけある。ましてや，パルテヤ・ローマ・ギリシャでは，これに倍する歴史的touchが見られることは容易に想起できよう[13]。
　聖書にはただこうある。

またたく間に世界のすべての国々を見せて言った。『これらの国々の権威と栄華とをみんなあなたにあげましょう。』

ルカ iv. 5 - 6
日本聖書協会訳

　ここには，具体的な固有名詞はない。我々は更に *PL* の11, 12巻で，ミカエルがアダムに示す歴史のことを知っている。アダム以前に歴史はないのだ

から，未来のことを黙示として歴史を示したのは当然のことながら，聖書が，「世界のすべての国々を見せて」というとき，過去の歴史は勿論，未来の vision も示すことができたはずである。それが epic convention の一つでもあれば，尚更である。それをミルトンがしないのは，'historical' Jesus に固執したからだといえないであろうか。そこからまた 'historical' Satan ともいうべきものが浮び上ってくる。

　サタンもまた historical なものの予兆ではないであろうか。即ち，カヤパを頂点とするユダヤ祭司・長老階級またその社会的な下部構造であったサドカイ人・律法学者・パリサイ人達[14]の石頭のような形式主義。イエスが公生涯において対決していったものは，まさにそのような硬直化した律法主義であったこと。そうした社会構造の持つデモーニッシュなものの予兆として，PR の荒野の誘惑におけるサタンを理解し得ると思うのである。

　後期ユダヤ教の黙示文学とその緊迫した終末待望に便乗して，歴史を見よ，あれを繰り返せ，そのまま。パルテヤの力を見よ。ローマの権勢を，ギリシャの英智を，そしてダビデの如く再び地上にイスラエル王国を築け等々[15]。

　既に歴史の中に示されているもの，それは予兆なのだけれども，それが大きく熟する本体の前映しという理解ができなくて，予兆そのものの文字通りの繰り返しを主張したのである[16]。

　あの tower scene へ移る前の tempest scene については，様々な解釈があるようだが[17]，このようにみてくると，例の嵐の暴力は，ピラトとヘロデ一族（アルケラオス，ヘロデ・アンティパス，フィリッポス）の専制支配，それが体制を結果的に利用したユダヤ上部構造と相まって加えた圧力，それは十字架の死に集約されるわけだけれども，そうしたものの予兆ともみなされ得るであろう。

　丁度ヨブ記におけるサタンが，序章のところで全体の予兆のように神の前に現われたように，historical Jesus の序章ともいうべき，洗礼とそれに続く荒野の誘惑において，公生涯全体の予兆として現われたのであった。rudiments（I. 157）という言葉がよくこれを物語るであろう。

> ... he shall first lay down the *rudiments*
> Of his great warfare, ere I send him forth
> To conquer Sin and Death the two grand foes,
> By Humiliation and strong Sufferance:
>
> I, 157-160

ただもしアナクロニズムがあるとすれば、それは、サタンに Arian の趣があるという点であるに違いない。*PR* のサタンは、相手を100％認知して誘惑しているのではないと考えられる。うすうす怪しいとは、洗礼の時から思っている。でもこれは本当に「女の種が、蛇の頭を砕く」という予言の成就かどうか、常に疑っている。いわゆる 'Identity Motive' が底流にあって、それが最後の小尖塔での試みで一気に決着がつき、聖書と著しく異なって「サタンが一時離れる」のではなく、真逆さまに逐落するわけである。ここに *PR* 独特のサタンの drama があるが、これは後に述べる。

　Le Comte に到っては、Arianism はおろか、Docetism, Apollinariarism, Ebionism, Apocatastasis, Socinianism をさえ示唆している[18]。が、これらは、地獄の悪魔達の会議を、カソリックの公会議になぞらえるのと同様、ユーモアとしてならわかるが、堅い主張としては、overstatement であると思う。しかしそれら全てを捨象しても、Hunter のいう如く、Arianism の疑いだけは残るかもしれない。なぜなら、サタンは、イエスの御子 (the Son of God) としての identity を最後まで疑い、従って、イエスがいかなる意味においても神であることを認めようとしないからである[19]。驚きのあまり逐落したというのは、疑いが深く根本的であったことの証拠であろう。

× × ×

　第三に読者の立場から考える。読者は、サタンに関する限り、irony の問題が顕著であることに気付くであろう。古くは Williamson の指摘があり[20]、最近では Weber の指摘するところでもある[21]。が、最も space をさいて（といっても4頁足らずだが）この問題を扱っているのは Muldrow で

あろう[22]。

　彼は，D. C. Allen のサタンがキリストの identity を十分認知している，だから知らないというのは pretense だという説と，Stein の詩全体が identity 物語（つまり tower scene まで認知していない）というところ[23]に先ずもって irony を意識している。そして彼自身は，サタンの観念的な認知と実際のイエス体験のずれを強調したわけである。そしてその論の中で彼は，サタンの逐落に tragic なものは何もないという[24]。確かに論理的（もしくは神学的）にはそういうことになるに違いない。堕ちるべきものが堕ちたのだから。でも PL のサタンには，fool だけともいいきれない 'tragic figure' があった。これは，かつて Tillyard が修正して説いたところでもある。しかし彼は同時に，PR のサタンについては，PL のサタンと一線を画し，another title で呼ばれないのは残念だといった[25]。だが筆者は，PR のサタンには 'tragic irony' が認められると思う。

　勿論，hero はイエスだが，antagonist としていわゆる 'tragic irony' を演ずるのが，PL 以上に PR のサタンの特徴であると思う。PL には，確かに雄渾な文体と壮大なスケールがあるのはその通りだ。また審判も示されてはいる。しかしそれは，人間に対する誘惑の勝利に相殺されがちなのである。PR は，それに比べれば，サタンの失墜ははるかに致命的である（これが最後というわけではないが）。悪魔自身は，己がついには敗北する運命にあるということを知らない（unweeting, I. 126）。ところで読者は，はじめから悪魔は打ち負かされ，イエスはすべての誘惑を克服することを承知している。O'Connor の定義によれば[26]，これ即ち 'dramatic irony' で，それが tragedy に多いところから，'tragic irony' とも称されるわけである。

　読者の立場から考えると，psychological には，hero はサタン（もしくはサタン側に密着した読者）にならざるを得ない。通例人間は悪魔に支配されており，悪魔の融通無礙な戦場であるのだから[27]。この考えは，物語すべてに対応するわけではないが，少くとも，最後の場面では，イエスに悪魔払いをされて正気に返って，浄化(カタルシス)を体験しているのが読者の立場に他ならない。

　そしてサタンが，（そのような意味を内包して）いわば悲劇の hero の如くであるのを見るのは，読者にとっては二重の irony である。何故なら普通

なら sympathy は彼にいくが，その彼は，イエス（救い主）を相手にしているからである。（懐疑者なる己が死んでそれが唯一の生への道であるというパラドックスがある。）

　そもそも PR のイエスに drama 性は乏しい。Fish の読者論は，これを見事についている。彼によれば，イエスのセリフは，漸減的傾向を持ち，段々レトリックも文体もなくなる[28]。そしてついには，沈黙して小尖塔の上に立つわけである。これがサタンの雄弁の自己主張に対し，'selflessness' への道だというのである。Fish は，更に別のことを言っている。だけれども，筆者は，これも読者にとっては，一つの明白な irony だと思う。例えば，パルテヤの vision を示すサタン側の語り口とそれに答えるイエス側のセリフとを比べて見るとよいであろう。雄弁は（読者には訴えるものであるわけだけれども），究極的には，救いには関係がないのだとでもいっているような対比がみられるだろう。

　今一つ指摘し得る irony は，例のイエスが pinnacle に立った時に，サタンが驚いて堕ちる様をヘラクレスに空中に持ち上げられて，ついには負けて墜ちる Antaeus に喩える epic simile に見られると思う。17世紀の読者が，ヘラクレスがキリストの common metaphor であることを承知していたにしろ，今日の読者にとっては，irony と映るだろう。何故なら，イエスがギリシャの英智をあれほど痛烈に拒否した舌の根の乾かぬ内の narrator による比喩なのだから。Hebraism を高揚しておいて，何故 classical な比喩を用いるのか（二つまでも）。おそらく先に述べた如く，17世紀の読者には，奇異に感じられなかったに違いない。あるいは，またそこに，「小さきことどもをいと大いなることに比ぶれば」（IV, 563-564）と断っての上ではあるが，これを決定的瞬間に用いているところから推して，例の paradoxical なレッテル，即ち，Christian humanism の片鱗をかいま見せているのかも知れない。

注

1) 「『復楽園』の悪魔」,『ミルトン研究ノート』(弓書房, 1979), 83-93頁参照。

2) Rivers, Isabel: *Classical and Christian Ideas in English Renaissance Poetry* (London, 1979), chap. 10, "Biblical Exegesis and Typology," 148-157.

"Thus the exodus of the children of Israel from Egypt to Promised Land could be read as (1) a historical narrative ; (2) a prefiguration of the life of Christ ; (3) the daily struggle of each Christian to achieve salvation ; (4) a promise of the end of time." p. 151.

3) "Each passage of scripture has only a single sense, though in the Old Testament this is often a combination of the *historical* and the *typological*, take Hosea xi, for example, compared with Matt. ii. 15 : I have called my son out of Egypt. This can be read correctly in two senses, as a reference both to the people of Israel and to Christ in his infancy." 'Of the Holy Scripture' I xxx. *Prose Works* Vol. VI, p. 581.

イタリック：筆者, 以下同。

4) Schultz, Howard: "Christ and Antichrist in *PR*," *PMLA* LXVII, (1952). *PR* のキリストは, 見えざる真の教会としてのキリストの王国, サタンは Antichrist で, 見える現実の教会。例えば, Rome はカソリシズム。Parthia はプロテスタンティズムの allegory を示唆する記述をしている (p. 804.)。しかし後に, そうしたレッテル (allegory) は, 自分を理解してないとつっぱね, 自説を解説しながらも, history も無視しない書き方をした。"A Fairer Paradise ? Some Recent Studies of *PR*," *ELH* XXXII (1965), p. 290 ff.

5) Pope, Elizabeth Marie : *Paradise Regained : The Tradition and the Poem* (New York, 1962), esp. "Introduction", chap. III, "Motivation : God, Christ, and Satan." 福音書以来, 宗教改革に到るまでの釈義間の違いを明らかにしながらもその影響関係を精察し, 例の Triple Equation を抽出した。Patrides, C. A. : *The Grand Design of God : The literary form of the*

Christian view of history (London, 1972), esp. chaps. 5, 6. "Thus Milton stands heir to the Hebrew prophets, the early Christians, and the mediaeval historians." p. 109. これは *PR* に対する直接の言及ではない。歴史全体の中でミルトンを位置づけている。ミルトンに対するグローバルな把握が顕著。その他一部ここに含め得る著述は以下の如くである。Stein, Arnold: *Heroic Knowledge* (Minneapolis, 1957), 3-134. heroic knowledge は古典でありつつ何よりも Renaissance であろう。Schultz, Howard: *Milton and Forbidden Knowledge* (New York, 1955), 222-236, 及び前掲書。Fixler, Michael: *Milton and the Kingdoms of God* (London, 1964), 221-274. Schultz の延長線で考えており, Satan と chiliasm とを関連づける。つまり黙示的終末的メシア待望の緊迫性と関連づける。従って, 後期ユダヤ教でありつつ, 何よりも17世紀であろう。

6) Kelsall, Malcolm: "The Historicity of *PR*," *Milton Studies* XII (Pittsburgh, 1979), 235-251. "The action of *PR* is founded upon historical truth. Such was Milton's belief." p. 235. イエスが古典文化に通じていたという記録は, 福音書にはないわけだけれども, それをもちこんだ際にも, 哲学的というよりは歴史的・政治的にであるということを論証している。(pp. 240, 245.) Steadman, John M.: "The Suffering Servant and Milton's Heroic Norm," *HTR* LIV (1961), 29-43. *PL, PR* において, ミルトンが hero のモデルの基準にしたのは, 聖書のメシアに本質的に関係のない諸々の哲学ではなく, 聖書に啓示され, プロテスタント神学者達によって解釈された歴史のキリストその人である。(p. 30)

7) Zwicky, Lawrie: "*Kairos* in *PR*: The Divine Plan," *ELH* XXX, I (1964), 271-277.

8) Lewalski, Barbara: "Time and History in *PR*," *The Prison and the Pinnacle,* ed. Balachandra Rajan (Toronto, 1973), 49-81. サタンが歴史の範例を繰り返すことを要求する一方, イエスは神の啓示を待ち, 新たな創造を可能ならしめると説く。Chambers, A. B.: "The Double Time Scheme in *Paradise Regained*," *Milton Studies* VII, ed. Albert C. Labriola and Michael Lieb (Pittsburgh, 1975), 189-205. linear と cycle は調和し得

るものである。*PR* において，ミルトンはこれを調和している。この考え
は，特に Anglican church の見解に近いと説く。Pecheux, Mother M.
Christopher : "Milton and *Kairos*," *Milton Studies* XII, *op. cit.* 197-211.
Kairos の概念を初期の作品にまでさかのぼって踏査した。例えば，ソネットの7番など。

9) Northrop Frye, "introduction," *John Milton PL and Selected Poetry* (New York, 1956), xvii. Stein, *Heroic Knowledge, op. cit.* pp. 37, 92.

10) Cope, Jackson I. : "Time and Space as Miltonic Symbol," *The Metaphoric Structure of Paradise Lost* (Baltimore, 1962), 50-71, about *PR* 61-71. Grant, Patrick : "Time and Temptation in *PR* : belief and the single image," *Images and Ideas in Literature of the English Renaissance* (London, 1979), 127-153.

11) その挙げ方に教父（*e. g.* Augustine）などの影響があるという説がある。Mackellar, Walter : *A Variorum Commentary on the Poems of John Milton* (London, 1957). Vol. IV, p. 138.

12) この部分は特に歴史の原点に近い。"Judaea now and all the promis'd land Reduc't a Province under Roman yoke, Obeys Tiberius ; "III, 157-159. テキストは *The Poetical Works of John Milton* (Oxford, 1955), ed. Helen Darbishire Vol. II. を使用。

13)

Academics	*c.* 4c〜2c BC
Ahab	9c BC
Alexander the Great	356〜323 BC
Antigonus	d. 37 BC
Antiochus	175〜163 BC
Antipater	*f.* 47〜43 BC
Arsaces	*c.* 250 BC
Artaxerxes	*c.* 465〜*c.* 425 BC
Balaam	
Caesar, Julius	100〜44 BC
Curius	*f.* 290〜275 BC

Cyrus	*f.* 558 ?~529 BC
Daniel	6c. BC
David	*c.* 1000~*c.* 960 BC
Elijah	9c BC
Epicurus	342~270 BC
Fabricius	*f.* 282-278 BC
Gideon	*c.* 12c BC
Herod	73?~4 BC
Hyrcanus II	*c.* 78 BC
Jacob	
Jephtha	
Job	
Maccabeus, Judas	*c.* 166~160 BC
Moses	
Nebuchadnezzar	604~561 BC
Ninus	
Orators (*e.g.* Isocrates)	(436~338 BC)
Peripatetics	*c.* 3c BC
Pompey	*c.* 106~48 BC
Prophets (*e.g.* Isaiah)	(*f.* 740~701 BC)
Quintius	*f.* 5c BC
Regulus	*c.* 250 BC
Romulus	753~716 BC
Salmanassar	727~722 BC
Scipio Africanus	237 or 234~183 BC
Seleucus	d. 280 BC
Socrates	469~399 BC
Solomon	10c BC
Stoic	*c.* 308 BC
Tiberius Claudius	42 BC~AD 37

(アルファベット順)

一番下の Tiberius を原点にして全て時代を溯るものであることは一目瞭然である。他に地名・戦役も無視できないがこれは省略した。

14) 聖書が描く律法学者・パリサイ人は,戯画化されているとの説がある。

「多くのキリスト教神学者は,ラビやパリサイ派を偏狭な町人根性であると非難し,自分が戒めを遂行したのだから自分には神はいくらいくら借りがあると言ってユダヤ人は,神の前でそろばんをはじいていると主張せずにはおれなかった。このようなカリカチュアは真実とはまったく関係がない」(パウル・ヴインター著「サドカイ派とパリサイ派」『イエスの時代』H. ブラウン,他著,佐藤研訳(教文館,1975年)105頁。
「福音書の中では,パリサイ派はイエスのもっとも激しい敵対者とされている。…(中略)…宗教史的には,イエス自身が,当時存在したほかのどの宗派よりもパリサイ派に近かったのである」(同102頁)しかしミルトンは聖書そのものを重視する立場だったことは忘れてはならない。

15) これらの地上の王国は,常にダビデに倣って現実のイスラエル王国を築けという口上と共に語られる。パルテヤ (III, 371-373), ローマ (IV, 106-108), ギリシャ (IV, 378-381)。

16) Lewalski, "Time and History in *PR*," *op. cit*, の示唆に基づく。

17) a). Taylor, Dick : "The Storm Scene in *PR* : A Reinterpretation," *UTQ* XXIV (1954-1955), 359-376. 嵐の場面は第二と第三の誘惑の間のつなぎとみる従来の考え方に対して異をとなえ,独立した別の誘惑だとした。
b). Steadman, John M. : "Like Turbulencies : The Tempest of *PR* as Adversity Symbol," *Modern Philology* LIX (1961), 81-88.

18) Le Comte, Edward : "Satan's Heresies in *PR*," *Milton Studies* XII, *op. cit*. 253-266. Docetism は,キリスト仮現説。Apollinariarism はキリストの人性を否定する。Ebionism は,キリストの神性を否定するユダヤ人の宗派。Apocatastasis は,悪魔も最後は,救いにあずかるという教説。Socinianism は,三位一体に反対するユニテリアニズムの先駆。

19) Hunter, Willian B. : "The Heresies of Satan," *Th' Upright Heart and Pure* (Pittsburgh, 1967), p. 32. "This particular heresy denies that the Son has any individual existence and accordingly that Christ is in any sense divine. As all historians of early Christian thought have observed, such a view led in time to full-blown Arianism which the Coucncil of Nicaea condemned." これは *PR* のサタンをはっきり意識して述べられて

20) Williamson, George : "Plot in *PR*," *Milton and Others* (Chicago, 1965). 66-84. p. 84. "Characteristic of its pattern is the irony with which Satan brings Christ to his 'Fathers house' countered by the humility with which Christ returns to his 'Mothers house'."
21) Weber, Burton J. : *Wedges and Wings : The Patterning of* PR (Carbondale, 1975), p. 107. "The irony whereby Satan accomplishes the opposite of what he intends for Jesus accords with Milton's pronouncement that Satan "unweeting" fulfills God's purposes rather than his own (Ⅰ. 126-128)."
22) Muldrow, G. M. : "An Irony in *PR*," *Papers on Language and Literature* Ⅲ (1967), 377-380.
23) Allen, Don Cameron : *The Harmonious Vision* (Baltimore, 1954), p. 120. Stein : *Heroic Knowledge, op. cit.* pp. 78-93.
24) "There is, of course, nothing tragic about Satan's fall." p. 380.
25) Tillyard, E. M. W. : "A Note on Satan," *Studies in Milton* (London, 1951), 53-66. "Satan is a certain kind of tragic figure." p. 57. cf. *Milton* (London, 1966), p. 258. "... he [Satan] is one of Milton's most successful characters, and so different from his namesake in *PL* that it is a pity he cannot be given another title."

[　] : 筆者
26) O'Connor, William Van : "IRONY," *Encyclopedia of Poetry and Poetics* (Princeton, 1965), 407-408. *"Dramatic i.* is a plot device according to which (a) the spectators know more than the protagonist ; (b) the character reacts in a way contrary to that which is appropriate or wise ; (c) Characters or situations are compared or contrasted for ironic effects, such as parody ; (d) there is a marked contrast between what the character understands about his acts and what the play demonstrates about them." p. 407. *PR* が drama でないのは明白だが、そのことを別にすれば、plot はサタンに関し、(b) と (d) が当てはまる。そして読者の立

場から，心理的にサタン・サイドに心を寄せて考えれば，(a) すら概ね当てはまる。

27) ヘルムート・ティリケ『神と悪魔の間』—荒野の誘惑—鈴木皇，三浦永光訳（ヨルダン社，1965年），83-87頁。「…私たちはキリストの側に立つ者であって向うからアンティ・キリストが来る…というような事情ではないのです。…誘惑者は敵としては来らずに，むしろ友人としてやって来ます。彼は，鍵と入場券と信用とを盗んでしまっていて，もうちゃんとはいり込んでしまっているのです。…そればかりではありません。私たちが，彼の声を自分自身の心の声や，血のさざめきと区別出来なくなるほど，誘惑者は私たち自身の心の中に非常に深く入りこんでいるのです。」

28) Fish, Stanley E.: "Inaction and Silence: The Reader in *PR*," *Calm of Mind*, ed. Joseph Anthony Wittreich, Jr. (Cleveland, 1971), 25-47. 読者はそれ（無為と沈黙）によって，まず期待と失望，当惑，そしてたえず挫折を繰り返させられる。だが，読者は，神への従順というイエスの意思を十分理解するなら，そうしたいらだちや挫折から，イエスの姿勢に対する理解，ひいては詩全体の理解を得るだろう（論旨）。読者論としては他に次の二著がある。Hyman, Lawrence W.: "The Reader's Attitude in *PR*," *The Quarrel Within* (Port Washington, 1972), chap. VI. Lawry, Jon S.: "'Since No Man Comes': God's Ways with His Son in *PR*," *The Shadow of Heaven* (Ithaca, 1968), chap. 5. いずれも読みごたえのある文章だが，ironyと直接関係ないので省く。

〈付記〉 尚，本稿は，第6回ミルトン・センター研究大会（1980年10月9日同志社女子大学にて）シンポジウムにて発表したものを基に，文章化したものである。

付録：『失楽園』の素材
―― 'Genesis B' との関係 ――

聖書そしてホーマー，バージルを別にすれば，『失楽園』の素材として挙げ得る作品は以下の如くである。du Bartas (Joshua Sylvester 訳, 1581), *Divine Weeks,* Torquato Tasso, *Jerusalem Delivered (Gerusalemme Liberata,* 1581), Hesiod, *Theogony* (? the end of 8c BC), Ovid, *Metamorphoses* (AD 7-8), Lecretius, *On the Nature of Things (De rerum natura* 55 BC), Aeschylus, *Prometheus Bound* (c. 465 BC), Hugo Grotius, *Adamus Exul* (1601), Giambattista Andreini, *L'Adamo* (1613), Serafino della Salandra, *Adamo caduto* (1647), Joost van den Vondel, *Lucifer* (1654), Edmund Spenser, *An Hyme of Heavenly Love* (1596) 及び *Farie Queene* (1590-1609)[1]。

勿論以上で尽きるわけでなく，Kirkconnell は，主要24編の他，329編の目録を示してくれる[2]。

Hexameral なもの[3]と classical なもの[4]と，正にほぼ無数に近い学問（聖書と叙事詩）の伝統もあるのであった。

ところで，Cædmon の 'Genesis' と *Paradise Lost* の関係については，上記 Kirkconnell の抄訳の他は，Broadbent の手短かな指摘がある位で[5]，普通あまり問題にされない。

しかしながら，英文学史などをひもといてみると，'Genesis' でも，とりわけ，'Genesis B' は，たいてい，*PL* に影響を与えたらしい[6]ことになっている。また，R. K. Gordon 教授は，その間の消息を今少し率直に次のように述べている。

'Later Genesis' の主題は，*PL* のそれである。ミルトンにおけるのと同様，Satan の激情的・挑戦的な性格（これは語りかけと，イヴへの誘惑の劇的な取扱いとによって明らかにされる）は，この詩を英文学中最も顕著なものの一つにし

付録:『失楽園』の素材

ている。ミルトンがこの詩を知っていたという確証はない。しかしありえないことではない。原稿は，17世紀の中葉，学者 Junius の所有であった。彼とミルトンとは同じ時期に London にいた。しかしわれわれは彼らが今まで会ったことがあるということを知らない。ミルトンの作品とその未知の先駆者の作品との類似は非常に著しい[7]。

1639年から1642年にかけて，ミルトンは，Bede (673〜735) の『英国教会史』(*Bedae Anglosaxonis Historiae Ecclesiasticae Gentis Anglorum Libri V,* Jerome Commelin *Rerum Britannicarum* (Heidelberg, 1587) BK. 4) で Cædmon の挿話を読んだのは確からしい。

すばらしい非常に面白い話がビードによって語られている。それは突然聖なる摂理によって詩人となった英国人についてである。『歴史』4 巻, 24章[8]

その話というのは，Cædmon が眠っているとき夢に神が顕われて，創世の初めを歌えといわれて間もなく，神を讃美する歌を歌い始めたというのであった[9]。
ところで問題は，OE 'Genesis' をミルトンが肉眼で読んだかどうかということである。これはなかなかやっかいな問題なのである。1642年から1645年の間に左眼が失明したことは問題がない。それも，W. R. Parker によれば，だいたい1644年 (36歳) のことらしい。一方両眼完全失明の正確な日付は未だにはっきりしないが，M. French は1652年のだいたい 2 月28日までだ[10]としている。Parker は，微妙な言い方をしながらも，結局は，1651年の11月初旬には，ほとんど確かに両眼は使いものにならなかったという[11]。時に43歳目前である。
ところで Junius (Franciscus, 1589〜1677) の 'Genesis' が出版されたのは，1655年のことであるが，その *M. S.* (手稿) が発見されたのが，なんと1651年なのである。そして同じ年の 5 月29日付 (新暦の 6 月 8 日) の Vossius (1618〜88, Franciscus Junius の甥) の手紙が残っており，それは，ミルトンが Junius と親しい間柄にあったことを示しているのである。

私は伯父からミルトンのことを更に聞きました。伯父は彼と親密な間柄なのです。伯父によれば、ミルトンは、「外国語担当書記官」に選任され、何か国語も堪能だそうです……(後略)[12]

ただ M. S. 発見の正確な日付がはっきりしないので、今一つ確実なところはわからない。19世紀のドイツの学者 R. P. Wülker は、ミルトンの OE 詩の理解能力を History of Britain (1670) よりおもんばかりながら、彼はとても OE (ME を含む) 詩を読めた人だとはいい難いと主張する。

'Æðlstan' の物語を理解できない者はまた確かに Cædmon も記することはできないのである。ミルトンに一番肩を持つ学者もついには認めざるを得ないであろう[13]。

ところが、その後20世紀中頃になって J. W. Lever は、今日の臆説を支持する次のような推測をするに到った。

上記の手紙から [先の Vossius の手紙]、1651年の最初の半年間、ミルトンと Junius は親密な知己であったことは明らかである。日付が重要なのである。すなわち Junius は、そのとき彼の生涯の発見である Cædmon の原稿を持っていたのである。(中略) 二人の人間は共通の学問的興味をもっていた。とりわけ Anglo-Saxon 研究に関して、確かにミルトンが熱心に Cædmon の原作がどのようなものであったかについて、知り得るかぎりのすべてを知りたかったこと、また Junius が彼の著名な知己と一緒に、長らく失われていた詩を記述し、訳し、論ずる準備をしていることは疑い得ない[14]。

[ ]：筆者加筆、以下同。

1651年という年は、ミルトンの生涯にとっては、正に多事多難な年であった。2月には『イングランド国民のための第一弁護論』(*Pro Populo Anglicano Defensio*) を著わし、論敵サルマシウス (Claudius Salmasius

1588～1653）を向こうにまわして，論戦の真最中であったし，プライベイトには，五歳と三歳の娘をかかえながら三月に長男 John が生まれる。更に義母 Mrs. Powell との間に諍いが絶えなかった。Powell 家はそもそもミルトン家から借金をしており（£300 1627年），Mr. Powell の死後，その処理方をめぐって，大勢の子をかかえる Mrs. Powell（Mary を除けば10人）との間の trouble にまきこまれるのである。そして自らは，先にみたように年末・年始にかけて，盲目の運命に陥るのであった（それに先だつ眼痛と頭痛の苦しみを含めて）。

　そんな中にあっても，ミルトンが，学問的関心，そして詩人としての仕事への情熱を捨てなかったということは，正に驚異的なことだが，先の Lever の説を側面から裏付ける資料が，ないわけではない。それは，'Genesis B' と PL における表現上の類似ということである。

　両者に共通また近いと思われる表現を並べてみると，

(1) サタンこと Lucifer は，傲慢の故に神との間に戦いをおこし，地獄に落される[15]。
(2) 地獄には光のない炎が満ちている[16]。
(3) サタン等の穴うめに人間が創られるということ[17]。
(4) 堕落後のイヴの罪の認識の仕方において PL の「アダムは神にのみ，だが私イヴは，神とアダムと二人に」[18]に対し，'Genesis B' は次のようになっている。

My friend, Adam, thou mayest blame me for it with thy words ; *yet thou canst not sorrow more deeply for it in thy mind than do I in my heart.*[19]

Gordon 訳
イタリック：筆者

同じというわけではないが，相通ずるものがある。

　しかしながらこれ等のことは，偶然の一致ということもあり得るし，そう

でなくとも，始めに述べた Hexameral Literature の伝統に由来するものかもしれない。そういうわけでわれわれのこの性急な問題の追求は，もっと地道な学者の意見によって，補強されなければなるまい。*Paradise Lost and Genesis Tradition* (Oxford, 1968) を著した J. M. Evans はおそらくそのような学者の一人であろう。彼は，我々が追求しているような事実関係については，一見遠回りにみえる膨大な考証を試みている。そして 'Genesis B' についても，Literary Tradition の一つとして 'Heroic Treatments' と題した章の中でその特徴を位置づけている。

その想においては伝統ばなれした originality を持つといえども，堕落の扱い方はゲルマン的思考のアンビバレンスからなり立っている。一つは他の Anglo-Saxon 詩と同様，英雄的・軍事的功業として見えざる者（神もしくは聖人たち）を表わすことである。換言すれば，アダムの堕落は道徳的な失敗ではなくて悪業とみるのが自然ということ。今一つはゲルマンのサーガ (saga) に影響された（堕落の）モチーフに対する好みがあるということ。これを更にいいかえれば行為（道徳）と謂れ（詩的想像における実際）の二重性に答えようとする不思議なパラドックスである[20]。

そしてまた part three の 'Paradise Lost and the Tradition' における 'Native Innocence' の章で先の J. W. Lever の説を補っておよそ次のようにいう。'Genesis B' においてイヴは，木の実を食べてしまったとき，前にもまして美しい天国と地上の vision を見たのであった。そのことが，実は，*PL* でも示されている。すなわちイヴの夢にサタンがあらわれて誘う場面である[21]。ところで，このイヴの魔法の視野と誘惑者が天使の仮装をしているという両方が一致した扱いは，世界にこの 'Genesis B' と *PL* のみだと彼は言う。このことがとりもなおさず，ミルトンが 'Genesis B' を知っていたということの最大の証拠になると[22]。

今のところ我々は，この指摘をくつがえす新たな証拠を探し出すことはできない。

注

1) これらは，M. Y. Hughes (ed.), *Paradise Lost* (New York, 1962) Introduction, 3 - 5 及び W. Kirkconnell, *The Celestial Cycle* (New York, 1967) に負う。(以後 *Cycle* とする)
2) *Cycle,* pp. 481-682.
3) Corcoran, Sister Mary Irma, *Milton's Paradise with Reference to the Hexameral Background.*
4) C. M. Bowra, *From Virgil to Milton* (London, 1945), Irene Samuel, *Plato and Milton* (New York, 1947), E. M. W. Tillyard, *The English Epic and its Background* (London, 1954).
5) *Paradise Lost: Introduction* (Cambridge U. P. Press, 1972) pp. 34-36.
6) 例えば斎藤勇『イギリス文学史』(研究社, 1974), p. 22 また S. Humphreys Curtee, "Cædmon's Poem and Milton's Epic" *The Epic of the Fall of Man* (New York, 1896), p. 95.
7) *Anglo-Saxon Poetry* (London, 1962), p. 95.
'The subject of the Later Genesis is that of *Paradise Lost*. The passionate and defiant character of Satan revealed, as in Milton, by his speeches, and the dramatic treatment of Eve's temptation, make the poem one of the most remarkable things in our literature. There is no evidence that Milton knew the poem, but it is not impossible. The manuscript was, in the middle of the seventeenth century, in the possession of the scholar Junius. He and Milton were in London at the same time, but we do not know that they ever met. The resemblences between the work of Milton and that of his unknown predecessor are very striking.'
8) 'Commonplace Book' *Prose Works* vol. I, p. 381.
'A wonderful and very pleasing little story is told by Bede about an Englishman who was suddenly made a poet by divine Providence.' Hist. Book 4, chapter 24.
9) Bede, *A History of the English Church and People* tr. Leo Skerley-Price (Penguin Books, 1955) pp. 250-253.

10) J. Milton French, *The Life Records of John Milton* vol. III (New York, 1966,) p. 197, 以後 *The Life Records* とする。
  'About February 28. Becomes totally blind.'
11) William Riley Parker, *Milton II* (Oxford, 1968 2nd. 1996), p. 988, No. 133 以後 Parker *II* とする。
  'An exact date for total *blindness* cannot be determined, but the time at which Milton realized that his eyes were useless for further work was almost certainly early November of 1651, while he was still forty-two.'
12) *The Life Records,* vol. III, p. 33. [I have learned more about Milton from my uncle Junius, who is on familiar terms with him. He told me that Milton was chosen by the Parliament Secretary for Foreign Affairs, that he was skilled in many languages...] [　] は英訳。原文は Latin の意。 *cf.* Parker *II*, p. 986 No. 120, 尚, Isaac Vossius は、ライデンに住む親友 Nicolas Heinsius (1620～81, ストックホルムの王立図書館員) と文通していた。
13) "Cædmon und Milton" *Anglia IV* (1881), p. 404. 'Sicherlich aber kann, wer das gedicht auf Æðlstan nicht versteht, auch nicht Cædmon übersetzen. Da ersteres bei Milton der fall ist, muss auch letzteres zugegeben werden!'
14) "*Paradise Lost* and the Anglo-Saxon Tradition" *RES* XX III (Apr. 1947) 90.
  'From the above letter it is plain that during the first half of 1651 Milton and Junius were close acquaintances. The date is significant : Junius was then in possession of the Cædmon manuscript, the discovery of his lifetime ; ... The two men had common scholarly interests, particularly in connection with Anglo-Saxon studies. There can surely be no doubt of Milton's eagerness to learn all he could about what was to him the original work of Cædmon, or of Junius's readiness to describe, translate, and discuss the long-lost poem in company with his distinguished friend.'
15) 鈴木重威編『宗教詩』(研究社, 1972年), 5 - 7 頁, *ll.* 259-264.

[But he turned it to a worse issue, began to stir up strife against the highest Ruler of heaven, who sits on the holy throne. Dear was he to our Lord ; it could not be hidden from Him that His angel began to be *proud,* raised against his Master, sought hateful speech, words of *boasting* against Him,]

[　　] の英訳は鈴木訳，以下同。

cf. PL V, 661-665 "... fraught with envie against the son of God, ... proclaimd Messiah king anointed," could not beare Through *pride* that Sight, and thought himself impaird."

16) *ibid.,* p. 11. *ll*. 332-334.

[they sought another land that *was void of light* and *was full of flame,* —great danger of fire] cf. PL Ⅰ, 62-64 "As one great furnace flamed, yet *from those flames No light,* but rather darkness visible Served only to discover sight of woe,"

17) *ibid.,* p. 13, *ll*. 363-368.

[He has designed to people it with mankind. It is the greatest of sorrows to me that *Adam* who was made from earth *should hold my strong throne,* be for himself in joy, and we suffer this torment, harm in this hell.] cf. *PL* Ⅲ, 676-680 "The universal maker we may praise ; who justly hath driven out his rebel foes To deepest hell, and *to repair that loss Created this new happy race of men* To serve him better: wise are all his ways."

18) *PL* Ⅹ, 929-931. *"me than thy self More miserable* ; both have sinned, but thou Against God only, I against God and thee,"

19) *Anglo-Saxon Poetry* tr. R. K. Gordon (London, Everyman, 1962), p. 110.

20) pp. 166-167の大意を要約したもの。尚，'saga' は，古典的 epic とゲルマンの epic とを区別する便宜的な手段として，その最も一般的な意味で用いるとの著者の注がある。p. 144.

21) *Anglo-Saxon Poetry,* p. 106.

[Then *she could see far and wide* by the gift of the foe who had betrayed her with lies, secretly beguiled her, whereby through his acts it came to pass with her that heaven and earth *Seemed fairer to her and all this world more beautiful* and God's work vast and mighty,] cf. *PL* V, 86-89. "Forthwith up to the clouds with him I flew, and underneath beheld The earth outstreched immense, *a prospect wide And various*"

22) *Genesis Tradition,* p. 255 及び注 4. OE 学者 S. Greenfield は, その著 *A Critical History of Old English Literature* (N. Y. U. P., 1965) p. 151において, 'Genesis B' の作者も, ミルトンも, Avitus の *Poematum de Mosaicae Gentis Libri Quinque* を共通のソースとしていると述べているが, Evans は, それを承知で, 尚且つ, 直接, ミルトンは, Old Saxon poem を知っていたと主張している。

'This is far the strongest piece of evidence to support the belief that Milton knew the Old Saxon poem, for whereas the similarities between the Satans of the two poems may be due to the influence of Avitus on them both, in this case they are the only two works which contain the idea of Eve's diabolic vision and the idea that the Tempter masqueraded as an angel.'

〈付記〉 この問題を考えるヒントは故鈴木重威教授からいただいたことを記して, ここに謹んで感謝の意を表する。

参考文献

テキスト及び注解書

Broadbent, J. B., *et al.* eds. *John Milton : Odes, Pastorals, Masques.* Cambridge, 1975.

Bush, Douglas, ed. *Milton : Poetical Works.* Oxford, 1966, 1987.

Carey, John, ed. *Milton : Complete Shorter Poems.* Longman, 1968, 2nd. 1997.

Carey, John and Alastair Fowler, eds. *The Poems of John Milton.* London, 1968.

Flannagan, Roy, ed. *Milton : Paradise Lost.* New Jersey, 1993.

Fowler, Alastair ed. *Milton : Paradise Lost.* London, 1968, 2nd ed. 1998.

Hughes, Merrit Y., ed. *John Milton : Complete Poems and Major Prose.* New York, 1957.

―――――. *John Milton : Prose Selections.* New York, 1947.

Patterson, Frank Allen, gen. ed. *The Works of John Milton.* 18 vols. in 21. Columbia University Press, 1931-1938. HONNOTOMOSHA 1993.

Prince, F. T., ed. *Comus and Other Poems.* Oxford, 1968.

Tillyard, E. M. W. ed. *Comus and Some Shorter Poems of Milton.* London, 1961.

―――――. *Paradise Lost I, II.* London, 1963.

Verity, A. W., ed. *Paradise Lost.* 6 vols. Cambridge, 1910-1953.

Wolf, Don M., gen. ed. *Complete Prose Works of John Milton.* 8 vols. in 10. Yale University Press, 1953-1982.

Woodhouse, A. S. P. and Douglas Bush, ed. *A Variorum Commentary on the Poems of John Milton.* 4 vols. Columbia University Press, 1970-

参考文献

Agrippa, H. Cornerius. *Three Books of Occult Philosophy.* Book I, ed. Willis F. Whitehead. Chicago, 1898.

Allen, Don Cameron. *The Harmonious Vision.* Baltimore, 1954.

Arai, Akira. "John Milton in *L'allegro-Il Penseroso*" *Research Bulletin* (Department of General Education, Nagoya University), VII (1963), 1-10.

Aristotle. *Aristotle XVI Problems II*. Trans. W. S. Hett and Rackkam. London, 1983.

Babb, Lawrence. "The Background of 'Il Penseroso'" *Studies in Philology* 37 (1940), 257-273. Hereafter omitted as *SP*.

――――――. *The Elizabethan Malady : A Study of Melancholia in English Literature from 1580 to 1642,* East Lansing, 1951, 1965.

Baldwin, Edward C. "Milton and Plato's Timaeus," *Publication of the Modern Language Assosiation of America* 35 (1920), 210-217. Hereafter omitted as *PMLA*.

Battenhouse, Roy W. "Doctrine in Man in Calvin and Renaissance Platonism," *Journal of the History of Ideas* IX (1948), 447-471.

Bauman, Michael. *A Scripture Index to John Milton's De doctrina christiana.* New York, 1989.

――――――. "Milton's Muse, Holy Light and Son of God." *Concerning Poetry* 17 (1984), 51-62.

Blake, William. *Blake : Complete Writings.* ed. G. Keynes. Oxford, 1974.

Broadbent, J. B. ed. *John Milton : Introductions.* Cambridge, 1973.

――――――. *Some Graver Subject.* London, 1967.

Brooks, Cleanth. *Poems of Mr. John Milton.* New York, 1968.

Broom, Harold. ed. *John Milton's Paradise Lost.* New York, 1987.

Burton, Robert. *The Anatomy of Melancholy.* 3 vols. London, 1961.

Bush, Douglas. *Paradise Lost in Our Time.* Glouster, MA. 1957.

Buttrick, G. A. ed. *Interpreter's Bible.* 12 vols. New York, 1952-1957.

――――――. *The Interpreter's Dictionary of the Bible.* 5 vols. New York, 1962.

Calvin. *Institutes of the Christian Religion.* The Library of Christian Classics vols. xx, xxi. tr. F. L. Battles. Philadelphia, 1960.

Calvini, J. *Opera Selecta III-V*. Kaiser, 1957, 1959, 1962.

Campbell, Gordon. "Alleged Imperfections in Milton's *De Doctrina,*" *Milton Quarterly* 12 (1978), 64-65. Hereafter omitted as *MQ*.

―――――. "*De Doctrina Christiana.* : its Structural Principles and its Unfinished State." *Milton Studies* 9 (1976), 243-260. Hereafter omitted as *MS*.

―――――. "The Authorship of *De Doctrina Christiana,*" *MQ* 26 (1992), 129-130.

―――――. "The Son of God in *De Doctrina* and *Paradaise Lost,*" *The Modern Language Review* 75 (1980), 507-514.

Carver, P. L. "The Angels in *Paradise Lost,*" *Review of English Studies* XVI (1940), 415-430.

Cassirer, *et al.* ed. *The Ranaissance Philosophy of Man.* Chicago, 1948.

Clark, Ira. "Milton and the Image of God," *Journal of English and Germanic Philology* 68 (1969), 422-431.

Cohen, Kitty. *The Throne and the Chariot.* The Hague, 1975.

Cox, Gerard H. "Unbinding 'The Hidden Soul of Harmony' *L'Allegro, Il Pense-roso,* and The Hermetic Tradition." *MS* 8 (1983), 45-62.

Cross, F. L. ed. *The Oxford Dictionary of the Christian Church.* Oxford, 1984.

Curry, Walter. *Milton's Ontology and Cosmogony and Physics.* Lexington, 1957.

Danielson, D. R. *Milton's Good God : A Study in Literary Theodicy.* Cambridge, 1982.

Dempsy, Ivy. "To 'Attain To Something Like Prophetic Strain,'" *Papers on Milton*, ed. P. M. Giffin & L. E. Zimmerman (Tulsa, Okla. Univ. Dept. of English Monograph series no. 8, 1969), 9-24.

Dobbins, Austin C. *Milton and the Book of Revelation.* Alabama, 1975.

Drake, Stillman. *Galileo at Work.* Chicago, 1978.

Empson, William. *Milton's God.* Cambridge *et al.* 1961, rev. 1981.

Encyclopaedia Britannica. 24 vols. Chicago, 1964.

Fixler, Michael. *Milton and the Kingdom of God.* Oxford, 1965.

―――――. "The Orphic Technique of '*L'Allegro*' and '*Il Penseroso,*'" *English Literary Renaissance* I(1971), 165-177.

Frye, Northrop. *Five Essays on Milton's Epics.* London, 1965.

Galilei, Galileo. *Sidereus Nuncius ; Telescopes, Tides, and Tactics : A Galilean*

Dialogue about the Starry Messenger and the Systems of the World. Tr. Stillman Drake. Chicago, 1983.

────────. *Discoveries and Opinions of Galileo.* Ed. Stillman Drake. Garden City, NY, 1957.

Gardner, Helen. *A Reading of Paradise Lost.* Oxford, 1965.

Gilbert, A. H. "Milton and Galileo," *SP* 19 (1922), 152-185.

Grace, William J. "Notes on Robert Burton and John Milton," *SP* 52 (1955), 578-583.

────────. *Ideas in Milton.* Nortre Dame, 1968.

Hanford, J. H. "The Date of Milton's *De Doctrina Christiana.*" *SP* 17 (1920), 309-319.

Harris, Neil. "Galileo as Symbol: The Tuscan Artist in *Paradise Lost,*" *Rivista Internazionale Di Storia Della Scienza.* Vol. 10 (1985), 3-29.

Haskin, Dayton. "Milton's Strange Pantheon: The Apparent Tritheism of the *De Doctrina*" *Heythrop Journal* 16 (1975), 129-148.

Hoopes, Robert. *Right Reason in the English Renaissance.* Cambridge, MA. 1962.

Hughes, Merrit Y. *Ten Perspectives on Milton.* New Haven, 1965.

Hunter, William B. Jr. gen. ed. *A Milton Encyclopedia.* 9 vols. Lewisburg, 1978-1983.

────────. *et al. Bright Essence.* Salt Lake City, 1971.

────────. *The Descent of Urania: Strudies in Milton,* 1946-1988. Lewisburg, 1989.

────────. "The Provenance of the *Christian Doctrine.*" *Studies in English Literature* 32 (1992), 129-166. Hereafter omitted as *SEL*.

────────. "The Provenance of the *Christian Doctrine*: Addenda from the Bishop of Salisbury." *SEL* 33 (1993), 191-207.

────────. "Forum II: Milton's *Christian Doctrine.*" *SEL* 34 (1994), 153-203, esp. 195-203.

────────. "Milton's Power of Matter," *English Studies* LVIII (1977), 408-410. Hereafter omitted as *ES*.

Kelley, Maurice. *This Great Argument : A Study of Milton's De Doctrina Cristiana as upon 'Paradise Lost.'* Gloucester, 1962.
Kendall, R. T. *Calvin and English Calvinism to 1649*. Oxford, 1979.
Kerrigan, William. *The Sacred Complex : On the Psychogenesis of Paradise Lost.* Cambridge, MA. 1983.
King, John N. "Milton's Transubstanciation," *MS* 36 (1988), 41-58.
Kristeller, Paul K. *The Philosophy of Marsilio Ficino.* Tr. V. Conant. Gloucester, MA. 1964.
Leavis, F. R. *The Common Pursuit.* London, 1952.
Le Comte, Edward S. *A Milton Dictionary.* New York, 1961.
Leishman, J. B. *Milton's Minor Poems.* Oxford, 1969.
Lewalski, Barbara K. "Forum : Milton's *Christian Doctrine.*" *SEL* 32 (1992), 143-154.
Lewis, C. S. *A Preface to Paradise Lost.* Oxford, 1961.
─────────. *The Discarded Image.* Cambridge, 1967.
Lieb, Michael. *Poetics of the Holy.* Chapel Hill, 1981.
Linforth, Ivan M. *The Arts of Orpheus.* New York, 1973.
Lockwood, Laura E. *Lexicon to the English Poetical Works of John Milton.* New York, 1907, repr. 1968.
Lyons, Bridget G. *Voices of Melancholy : Studies in Literary Treatments of Melancholy in Renaissance England.* New York, 1975.
Maccffrey, Isabel G. "Theme of *Paradise Lost* III," *New Essays on Paradise Lost* (Berkeley, 1969), 58-85.
Madsen, William G. "Earth The Shadow of Heaven : Typological Symbolism in *Paradise Lost,*" *PMLA* 75 (1960), 519-526.
Marjara, Harinder Singh. *Contemplation of Created Things : Science in Paradise Lost.* Toront, 1992.
McColly, Dian K. "Free Will and Obedience in Separation Scene of *Paradise Lost,*" *SEL* 12 (1972), 103-120.
McDill, Joseph Moody. *Milton and the Pattern of Calvinism.* Nashvill, 1942.

More, Henry. *The Immortality of the Soul.* Ed. A. Jacob. Dordrecht, 1987.

Myers, Williams. *Milton and Free Will : An Essay in Criticism and Philosophy.* London, 1987.

Nicolson, Majiorie. "Milton and Telescope," *A Journal of English Literary History* II (1935), 1-35. Hereafter omitted as *ELH*.

──────.*John Milton : A Reader's Guide to his Poetry.* London, 1964.

Nuttall, Geoffrey F. *The Holy Spirit in Puritan Faith and Experience.* Chicago, 1946, 1992.

Osgood, Charles G. *The Classical Mythology of Milton's English Poems.* New York, 1964.

Panofsky Erwin. *Albert Dürer.* 2 vols. Princeton, 1948.

──────. *Studies in Iconology.* New York, 1972.

Parker, William R. *Milton : A Biography.* 2 vols. Oxford, 1968, 2nd ed. 1996.

Patrides, C. A. *Milton and the Christian Tradition.* Oxford, 1966.

──────, et al. *The Apocalypse in English Renaissance thought and literature.* Manchester, 1984.

Peter, John. *A Critique of Paradise Lost.* New York & London, 1960, 1962.

Pointon, Marcia R. *Milton & English Art.* Manchester, 1970.

Pope, Alexander. *The Works of Alexander Pope.* Vol. III. New York, 1881, repr. 1967.

Quandt, Guilelmus. *Orphei Hymni.* Dublin, 1973.

Reichert, John. "'Against His Better Knowledge' : A Case for Adam,"*ELH* 48 (1981), 83-109.

Reist, John S. "'Reason' as a Theological Apologetic Motif in Milton's *Paradise Lost,*" *Canadian Journal of Theology* 16 (1970), 232-249.

Revard, Stella P. "Eve and the Doctrine of Responsibility in *Paradise Lost,*" *PMLA* 88(1973), 69-78.

Richardson, Alan, ed. *A Dictionary of Christian Theology.* London, 1969.

Rivers, Isabel. *Classical and Christian Ideas in English Renaissance Poetry.* London, 1973.

Robb, Nesca A. *Neoplatonism of the Italian Renaissance.* New York, 1968.

Rumrich, J. P. *Matter of Glory : A New Preface to Paradise Lost.* Pittsburgh, 1987.

Ryken, Leland. *The Apocalyptic Vision of Paradise Lost.* Ithaca, 1970.

Samuel, Irene. *Plato and Milton.* New York, 1965.

Schaar, C. S. "Each Stair Mysterious Was Meant," *ES* LVIII (1977), 408-410.

Schwartz, Regina M. *Remembering and Repeating : Biblical Creation in 'Paradise Lost.'* Cambridge, 1988.

——————. "Citation, authority, and *De Doctrina Christiana*," *Politics, Poetics, and Hermeneutics in Milton's Prose* (Cambridge : Cambridge University Press, 1990), pp. 227-240.

Seznec, Jean. *The Servival of the Pagan Gods.* New York, 1972.

Sewell, Arthur. *A Study in Milton's Christian Doctrine.* Oxford, 1939, repr. 1967.

Shaheen, Naseeb. "Milton's Muse and the *De Doctrina*" *MQ* 8(1974), 72-76.

Shullenberger, William. "Linguistic and Poetic Theory in Milton's *De Doctrina Christiana*" *English Language Note* 19 (1982), 262-78.

Sims, James H. *The Bible in Milton's Epics.* Gainesville, 1962.

——————, et al. ed. *Milton and Scriptural Tradition : The Bible into Poetry.* Columbia, 1984.

Spaeth, Sigmund. *Milton's Knowledge of Music.* Ann Arbor, 1963.

Steadman, John M. "Heroic Virtue and the Divine Image in *Paradise Lost,*" *The Journal of the Warburg and Coutauld Institutes,* XXII (1959), 88-105. Hereafter omitted as *JWCI*.

——————. *Milton's Epic Characters.* Chapel Hill, 1968.

——————. *Milton's Biblical and Classical Imagery.* Pittsburgh, 1984.

Swaim, Kathleen M. "The Mimesis of Accommodation in Book 3 of *Paradise Lost,*" *Philological Quarterly* 63 (1984), 461-475.

——————.*Before and After the Fall : Contrasting Modes in 'Paradise Lost.'* Amherst, 1986.

Tillyard, E. M. W. *The Miltonic Setting.* Cambridge, 1983.

Tuve, Rosemond. *Images and Themes in Five Poems by Milton.* Cambridge, MA. 1962.

Ulreich, John C. Jr. "Milton on the Eucharist. Some Second Thoughts about Sacramentalism," *Milton and Middle Ages,* ed. John Mulryan. Lewisburg, 1982.

Waldock, A. J. A. *Paradise Lost and its Critics.* Cambridge, 1947, repr. 1964.

Walker, D. P. *The Ancient Theology : Studies in Christian Platonism from the Fifteenth to the Eighteenth Century.* London, 1972.

Walker, J. M. "Milton and Galileo : The Art of Intellectual Canonization," *MS* 26 (1990), 109-123.

Warden, John, ed. *Orpheus : The Metamorphoses of a Myth.* Toronto, 1985.

Warrinton, John. *Everyman's Classical Dictionary.* London, 1970.

Weiner, Philip P., et al. eds. *Dictionary of the History of Ideas.* 5 vols. New York, 1964.

Werblowsky, R. J. Zwi. "Milton and the Conjectura Cabbalistica," *JWCI* XVIII (1955), 90-113.

West, Robert H. *Milton and Angels.* Athens, 1955.

Whiting, G. W. *Milton's Literary Milieu.* New York, 1964.

Wind, Edger. *Pagan Mysteries in the Renaissance.* New York, 1968.

Woodhouse, A. S. P. "Milton, Puritanism, and Liberty." *The University of Toronto Quarterly* IV (1935), 483-513.

──────,ed. *Puritanism and Liberty.* Chicago, 1951.

Yates, Frances A. *The Occult Philosophy in the Elizabethan Age.* London, 1980.

──────. *Giordano Bruno and the Hermetic Tradition.* Chicago, 1978.

和書

アウグスティヌス 『アウグスティヌス著作集10』 ペラギウス駁論集(2) 金子晴勇 他 訳, 教文館, 1985年.

アドラー, モーティマー・J. 『天使とわれら』 稲垣良典 訳, 講談社, 1977年.

新井明 『ミルトンの世界』 研究社, 1980年.

―――. 鎌井敏和（共編）『信仰と理性』 御茶の水書房, 1988年.

荒井献・柴田有 訳『ヘルメス文書』 朝日出版社, 1966年.

アリストテレス 『ニコマコス倫理学』 加藤信朗 訳, 岩波書店, 1973年.

イエイツ, フランセス 『魔術的ルネッサンス』 内藤健二 訳, 晶文社, 1984年.

稲垣良典 『天使論序説』 講談社, 1996年.

ウィリー, バジル 『イギリス精神の源流』 樋口欣三 他 訳, 創元社, 1981年.

―――.『17世紀の思想的風土』 深瀬基寛 訳, 創文社, 1976年.

『ウエストミンスター信仰告白』 日本基督改革派教会信条翻訳委員会, 新教出版社, 1987年.

ウェルギリウス 『アエネーイス』 泉井久之助 訳, 岩波文庫 上・下, 1982年.

エリオット, T. S. 『エリオット全集 第四巻：詩人論』平井正穂 訳（代表）, 中央公論社, 1960年.

オウィディウス 『転身物語』田中秀央 他 訳, 人文書院, 1976年.

大木英夫 『ピューリタニズムの倫理思想』新教出版社, 1966年.

カルヴィン 『キリスト教綱要』 渡辺信夫 訳 全4巻, 新教出版社, 1962-1965年.

―――.『旧約聖書注解 創世記Ⅰ』渡辺信夫 訳, 新教出版社, 1984年.

香内三郎 『言論の自由の源流』―ミルトン『アレオパジティカ』周辺―, 平凡社, 1976年.

斎藤武『ミルトン』研究社, 1933年.

才野重雄 訳注 『ミルトン詩集』篠崎書林, 1976年.

島弘之 「ショーレム以前以後」『ユリイカ』8 (青土社 1985), 172-179頁.

シモン, ハレウィ・セウ・ベン 『ユダヤの神秘：カバラの象徴学』 大沼忠弘 訳, 平凡社, 1982年.

ショーレム, ゲルショム 『ユダヤ神秘主義』山下肇 他 訳, 法政大学出版局,

1985年.

ジョンソン, サムエル　Lives of the English Poets vol. I Milton　福原麟太郎　注, 研究社, 1963年.

白鳥正孝　『ミルトン研究ノート』　弓書房, 1979, 改訂1986年.

『新英和大辞典』　第5版　研究社, 1980年.

種山恭子　他　訳　『プラトン全集』12　岩波書店, 1981年.

道家弘一朗　『ミルトンと近代』研究社, 1989年.

永岡薫　「近代思想成立期における『自由』の相克―ミルトンとロック」『マックス・ウエーバーと日本』　中村勝己　編, みすず書房, 1990年.

―――. 今関恒夫　編, 御茶の水書房, 1991年.

日本基督教団出版局　『旧約聖書略解』　1977年.

―――. 『新約聖書略解』　1958年.

日本聖書協会　訳　『聖書』　1980年.

―――. 新共同訳　1987年.

バーカー・アーネスト　『近代自然法をめぐる二つの概念』　田中浩　他　訳, 御茶の水書房, 1991年.

平井富雄　『メランコリーの時代』　読売新聞社, 1983年.

平井正穂　訳『失楽園』上・下　岩波書店, 1981.

ヒル, クリストファー　『17世紀イギリスの急進主義と文学』小野功・圓月勝博　訳, 法政大学出版局, 1996年.

廣松渉　他編『哲学思想辞典』岩波書店, 1998年.

ブラウン, H. 他著『イエスの時代』佐藤研訳, 教文館, 1975年.

森田勝美　「人の内に働く霊―アダムと『失楽園』の読者」『愛媛大学教養部紀要』第14号, 1981年.

モルトマン, J. 『いのちの御霊』蓮見和男・沖野政弘　訳, 新教出版社, 1994年.

山本和　編　『終末論』　創文社, 1976年.

ユタン, セルジュ　『錬金術』　有田忠朗　訳, 白水社, 1983年.

ユング, C. G.『心理学と錬金術』全2巻　池田紘一・鎌田道生　訳, 1984年.

吉川逸治　他監修「ミケランジェロ」『世界美術全集』(6)　集英社, 1980年.

ラブジョイ, アーサー・O.『存在の大いなる連鎖』内藤健二　訳, 晶文社, 1985年.

あとがき

　本書は過去20年位の間に獨協大学の紀要に書き貯めたものの中から，幾篇かを選んで再編したものである。限られた能力の者がミルトンを読むとなると，当然のことながらテーマを絞らざるを得ない。そういうわけで筆者も何といってもミルトンの代表作である『失楽園』一本に焦点を合わせてきたのであった。初めから心がけていたわけではなかったのだが，関心のあるテーマを追いかけていたら，いつの間にか詩の背景としての神学思想ということになっていた。この方面のことも欧米は勿論，日本にも先人が綺羅星のごとくいらっしゃる。それが参考文献に掲げた方々であるのはいうまでもないが，ここに掲げるべくして掲げなかった雲の如き先人のおられることを思う。いちいち記載しなかったが，それら全ての方々にも秘かなる感謝を捧げる者である。本書はこういう方々の恩恵に与かって，幾ばくか私見を加えたものに過ぎない。かかる多くの先人に感謝すると共に，小生の加筆の部分に誤りのあることを恐れる。読者諸兄の御批判を願う次第である。またこのような小冊子ではあるが，これを纏める機会を与えて下さった獨協大学と，厳しい環境の中での出版を引き受けて下さった鷹書房弓プレス社長寺内由美子氏に心から感謝する。尚，本書の出版は獨協大学学術図書出版助成費によることを銘記し，改めてここに深甚なる謝意を表明したい。

　各編の初出誌は次の通りである。

1．神の御姿──『失楽園』の至福直観について──
　　『獨協大学英語研究』第33号（1989年2月），15-35頁。
2．ミルトンの理性再考──『失楽園』を中心に──
　　　　　同　　　　　第40号（1993年2月），1-23頁。
3．ミルトンの自由意志再考──『失楽園』を中心に──
　　　　　同　　　　　第43号（1995年7月），1-27頁。
4．ミルトンの聖霊観──その終末論的側面──
　　──『キリスト教教義論』と『失楽園』を中心に──

　　　　　　同　　　　　第46号（1997年2月），31-53頁。
6．"Il Penseroso" の背景
　　　　　　同　　　　　第27号（1985年12月），207-234頁。
7．"Il Penseroso" の背景再考
　　――ミルトンとネオプラトニズムの一側面――
　　　　　　同　　　　　第31号（1988年2月），1-13頁。
8．『復楽園』における悪魔再考
　　　　　　同　　　　　第18号（1981年3月），69-82頁。
付録：『失楽園』の素材――'Genesis B' との関係――
　　　　　　同　　　　　第17号（1980年9月），117-124頁。
尚，5の「ミルトンの天使再考」は今回新たに書き下ろしたものである。

　　　　　　　　　　　　　　　　　　　　　　　　1999年8月
　　　　　　　　　　　　　　　　　エセックス大学　オフキャンパスにて

　　　　　　　　　　　　　　　　　　　白　鳥　正　孝

　〈追記〉「ミルトンの天使再考」はこれを記した後に，1999年10月にミルトン・
　　　センター研究大会で発表をし，且つ2000年2月に獨協大学の紀要にも
　　　発表した。

索　引

I. キャラクター・人名

ア
Aeschylus　168
アウグスティヌス　45, 48, 66, 154
Academics　163
Aquinas, St. Thomas　118
アグリッパ　128, 129, 132, 137, 139～141, 145～147, 150, 152, 153
アダム〔イヴ〕　13, 14, 18, 24, 31, 32, 35, 36, 45, 49, 52, 53, 59, 61～64, 68, 75, 80, 81, 83, 88, 89, 94, 97, 99, 102, 104, 110, 112, 117, 154, 156, 168, 171, 172
アドラー，モーティマー　117
Ahab　163
アブジエル　8, 26, 28, 50, 56, 62, 116
アブラハム　13, 116
アポロ　134, 136, 142
新井明　36, 38, 42, 69, 85, 87, 143, 144, 153
アリストテレス　23, 39, 104, 105, 119, 128～130, 139, 140, 145～147, 152
アルミニウス　46, 65
Alberti, Leon Battista　147
Arian　158
Arsaces　163
Artaxerxes　163
Allen, Don C.　148, 159, 166
アレキサンダー大王　156, 163
Antaeus　160
アンティオクス　156, 163
Antigonus　163

Antipater　163
Andreini, Giambattista　168

イ
イエイツ，フランセス　128, 129, 134, 138～141, 148, 152
イエス・キリスト　13, 27, 28, 35, 67, 70, 71, 73, 77, 79, 81～85, 99, 117, 149, 154～162, 165, 167
Isocrates　164
稲垣良典　89, 117

ウ
ウィリー，バジル　27, 31, 40
Williamson, George　158, 166
Wittreich, Joseph　86, 167
Wind, Edgar　148, 152, 153
Vesta　136, 146, 151
West, Robert　113, 117, 118, 121
Weber, Burton J.　158, 166
Wülker, R. P.　170
Walker, D. P.　149, 152
Walker, J. M.　122
Waldock, A. J. A.　18, 63, 112, 121
Vondel, Joost van den　168
Woodhouse, A. S. P.　36, 42, 46, 56, 57, 67
Urania　75, 78, 87, 88
Ulreich, John C. Jr.　119

エ
Evans, J. M.　172, 176
Epicurus　164

Jephtha（エフタ） 156, 164
Empson, William 18
エラスムス 45, 46
Eliot, T. S. 18
Elijah（エリヤ） 164
圓月勝博 121

オ
Ovid 135, 168
大木英夫 66
O'Connor, William Van 159, 166
オッカム 90
Osgood, Charles G. 152
小野功 121
オリゲネス 154
オルフェウス 134〜138, 142, 148〜150, 152, 153

カ
Kirkconnell, W. 168, 173
Gardner, Helen 18
Curtee, S Humphreys 173
ガブリエル 12, 18, 48
神 5〜20, 22〜31, 33, 35, 36, 38, 39, 54, 68, 71〜85, 89, 90, 99, 100, 103, 104, 112, 114, 118, 120, 130〜136, 138, 147, 148, 150, 157, 158, 162, 165, 167, 169, 171, 172
カヤパ 157
Calliope 135
ガリレオ 90, 113〜115, 122
カルヴィン 35, 37〜39, 42〜44, 46, 58, 59, 64, 65, 68, 69, 93, 98, 116, 119
ガレノス 115, 124, 129, 145

Kahn, Victoria 66, 69
カント 90

キ
ギデオン 156, 164
Chemos 111
Cædmon 168〜170, 174
Curius 156, 163
Cyrus 164
King, John N. 119

ク
Quintius 156, 164
Clark, Ira 21
Goodwin, John 61
Grant, Patrick 156, 163
Kristeller, P. O. 152
Greenfield, S. 176
Grace, W. J. 139, 144, 151
Grotius, Hugo 168
クロムエル 71

ケ
Kerrigan, William 68, 119〜121
Kelsall, Malcolm 162
Kelley, Maurice 71, 78, 86, 87
Kendall, R. T. 42, 69

コ
Cope, Jackson I. 156, 163
Cox, Gerard H. 141, 153
Gordon, R. K. 168, 171, 175
Corcoran, Sister Mary Irma 173

サ
斎藤勇　18, 173
サイレン　94, 135
サターン　136, 146
サタン　7, 8, 12, 13, 18, 19, 22, 24, 28, 35, 46～48, 50, 51, 56, 62, 63, 91, 95, 107, 110, 111, 116, 117, 122, 154～162, 165～167, 171, 172
佐藤研　165

シ
シーザー，ジュリアス　156, 163
柴田有　140
島弘之　150
Sims, James H.　65, 69
Schaar, C.　119
Shaheen, Naseeb　78, 87
Sewell, Arthur　88
Schultz, Howard　155, 161, 162
Schwartz, Regina M.　119
ショーレム，ゲルショム　150, 153
Johnson, Samuel, Dr.　109, 113, 118
Sylvester, Joshua　168

ス
Swaim, Kathleen, M.　6, 19, 90, 106, 117, 121
スキピオ　156, 164
Scotus, Dons　5
鈴木重威　174, 176
Stein, Arnord　156, 159, 162, 163, 166
スターリン　18
Steadman, John M.　16, 21, 65, 69, 78, 88, 162, 165

ストア　32, 35, 164
Spaeth, Sigmund　141
Spenser, Edmund　168

セ
セラフィム　8
Seleucus　164

ソ
ソクラテス　156, 164
Solomon　164

タ
第二のアダム　154
ダイモーン　97, 130～133, 153
Tasso, Torquato　168
Daniel　164
Danielson, Dennis Richard　19, 57, 59, 66～68
ダビデ　13, 156, 157, 164, 165,
ダンテ　18, 89, 95, 119

チ
Chambers, A. B.　162
チョーサー　137

ツ
Zwicky, Lawrie　155, 162

テ
ディオニュソス　134, 136, 149
Pseudo-Dionysius, the　5
Dickens, Charles　146
ティベリウス　156, 163, 164
Tillich, Paul　35

ティリケ, ヘルムート 167
Tillyard, E. M. W. 40, 137, 142〜
　144, 159, 166, 173
Tillyard, P. B. 40
Taylor, Dick 165
デカルト 28, 113, 115
Dempsey, Ivy 153
du Bartas 168
デューラー 124, 128, 129, 134, 139,
　140, 145〜147, 152
テレサ, 聖 128

ナ
Ninus 164
Nuttall, Geoffrey F. 72, 85〜87

ニ
Nicholas of Cusa 5
Nicolson, M. H. 18, 122

ネ
Nebuchadnezzar 164

ハ
Bowra, C. M. 173
パウロ 32, 65, 73
バーカー, アーネスト 40
Parker, William Riley 143, 169, 174
Baxter, Richard 71
バージル 89, 168, 173
Battenhouse, Roy W. 44
Patrides, C. A. 86, 87, 161
Burton, Robert 124, 139, 140, 144,
　145, 147, 151
Babb, Lawrence 120, 139, 145, 151,
　152
パノフスキー 128, 139
ハーベイ, William 115
ハムレット 124
Balaam 163
パリサイ人 157, 164
Harris, Neil 122
Hunter, William B. Jr. 41, 78, 86,
　87, 119, 140, 158, 165
Powells, the 171

ヒ
Pico, della Mirandola 137, 138, 146,
　150, 153
Peter, John 18
ピタゴラス 94, 97, 135, 136, 138
ビード (Bede) 169, 173
Hughes, M. Y. 19, 21, 39, 40, 66, 67,
　85, 142, 173
ヒューム 90
平井富雄 125
平井正穂 66, 119
Hill, Christopher 60, 68, 69, 112,
　120, 121
Hyrcanus II 164

フ
Fowler, Alastair 19, 26, 40, 67, 86,
　117〜121
Fabricius 156, 164
Fallon, Stephen M. 118, 121
Fiore, Peter A. 65
Fixler, Michael 136, 142, 162
Fish, Stanley E. 160, 167
Ficino 128, 132, 134, 140, 146, 147,

149, 152
フィロン　27
Fox, George　71
Pecheux, Mother M. Christopher　163
Hooker, Richard　61
福原麟太郎　118
Hoopes, Robert　30, 35, 36, 38, 40〜43
Bush, Douglas　27, 40, 87
Frye, Northrop　18, 156, 163
ブラウン, H.　165
Blackburn, Thomas H.　68
Fludd, Robert　138, 150
プラトン　25, 34, 94, 106, 118〜121, 130〜134, 138, 140, 141, 152, 173
Flannagan, Roy　117〜119, 122
Prince, F. T.　139
Bruno, Giordano　132, 140, 141, 152
Blake, William　17, 62
French, J. Milton　169, 174
フロイド　116
プロチノス　134
Broadbent, J. B.　18, 42, 113, 121, 122, 168

ヘ
ベーコン　28, 113, 122
Hesiod　168
Bedford, Dr. R. D.　5
Bennet, Joan S.　61, 63, 65
Böhme, Jakob　147
ペラギウス　45, 46, 48, 59, 64, 66
ヘラクレス　160
Belial　111, 112
Verity, A. W.　23, 39, 40

Peripatetics　164
ヘルメス・トリスメギストス　130, 131, 133, 134
ヘロデ王（一族）　156, 157, 164

ホ
Pope, Alexander　17
Pope, Elizabeth Marie　161
Vossius　169, 174
ホーマー　89, 95, 119, 168
Polyhymnia　135
Baldwin, Edward C.　120
Whiting, G. W.　139, 140, 144
ポンペイ　156, 164

マ
Myers, William　59, 62, 63, 68
マカベウス　156, 164
Muggleton, Muggletonians　70, 85
McColley, Diane K.　68, 119
Marjara, Harinder Singh　122, 123
Madsen, William G.　90, 106, 117, 121
Muldrow, G. M.　158, 166

ミ
ミケランジェロ　124〜126, 138
ミカエル　13, 14, 33, 55, 64, 102, 107, 112, 116, 156
御子〔メシア〕　5, 6, 8〜11, 13, 15, 17, 22, 26, 27, 35, 47, 50, 51, 60, 64, 71, 73, 75, 78〜82, 90, 102, 104, 112, 158, 162
Mede, Joseph　70
ミューズ（Muse）　75, 78, 87, 135, 136

ミルトン　5, 6, 8, 16〜19, 21〜23, 25,
　　27, 31〜46, 51, 52, 55〜76, 81〜91,
　　93, 94, 97〜99, 101, 103, 105, 106,
　　109, 111〜122, 124〜126, 128〜
　　130, 132〜148, 150〜155, 157,
　　161〜163, 165〜174, 176

モ
More, Henry　111, 120, 138, 150
モーセ（Moses）　13, 82, 164
森田勝美　80, 88
モルトマン　87

ヤ
ヤコブ（の梯子）　95, 134, 150, 153,
　　164

ユ
ユゴー　90
Junius, Franciscus　169, 170
ユタン, セルジュ　140, 141
ユリエル　12, 118

ヨ
吉川逸治　138
ヨブ　156, 164

ラ
Lyons, B. G.　151
Reichert, John　68
Reist, John S. Jr.　21, 35, 37, 38, 42
ラカン　116
ラファエル　6, 31, 49, 62, 97〜99, 104,
　　106, 107, 112, 114, 116, 121
ラブジョイ, アーサー O.　91, 117

ラムス　107

リ
Leavis, F. R.　18
Linforth, Ivan M.　149, 152, 153
律法学者　157, 164
Lever, J. W.　170〜172
Rivers, Isabel　40, 161
Revard, Stella P.　68
Lieb, Michael　19, 65, 69, 119, 162
Lewalski, Barbara Kiefer　69, 71,
　　86, 155, 162, 165

ル
Lewis, C. S.　40, 65, 109, 113, 118,
　　121, 148
Le Comte, Edward　158, 165
ルター　45, 46, 57, 66, 93
ルルス, ライモンド　150

レ
Regulus　156, 164
Lecretius　168

ロ
Llwyd, Morgan　71
ロイヒリン　129, 138, 150
Loewenstein, David　66
Laud, William　57, 60
Lockwood, Laura E.　27, 40, 121
Romulus　164
Lorenzo De'Medice　126

ワ
Werblowsky, R. J. Zwi　142, 150, 153

— 194 —

II. 作品・事項

ア
identity 16, 158, 159
irony 74, 158〜160, 166, 167
『アエネーイス』 135, 136
『アスクレピオス』 147
Apocatastasis 158, 165
Apollinariarism 158, 165
アナクロニズム 158
アミニズム 96
Arianism 158
『アルゴナウタエ遠征譚』 135
アルミニアニズム 57, 59〜61
Areopagitica 22, 29, 31, 56, 62, 70, 85, 114, 122
Antichrist 70
アンティノミニアニズム（無律法主義） 61, 63, 64

イ
意志 15, 19, 23, 24, 30〜32, 35, 37, 45〜47, 53, 57〜61, 66〜68
一元論 36, 90, 101, 113
イデア（idea） 106
"*Il Penseroso*" 114, 119, 122, 124〜126, 130, 133, 135〜137, 141〜148, 151, 153
『イングランド国民のための第一弁護論』 170
indifferency（of will） 58, 59, 61

ウ
『ウェストミンスター信仰告白』 43

エ
栄化 17
エーテル 91, 93, 111, 118, 131, 132
Ebionism 158, 165
epic catalogue 92, 156
epic convention 156, 157
epic simile 160
'elect' 58, 59, 68

オ
オカルト科学（神秘哲学） 125, 128, 131, 132, 137, 142, 152
『お気に召すまま』 124
'Orphic hymns' 135, 137, 147, 149
オルフェウス教 134〜136, 147, 149, 150

カ
仮現説 98, 112, 165
カソリック 57, 60, 70, 93, 99, 103, 111, 112, 117, 154, 158
化体・化体説 99, 112
カバラ 131, 134, 137, 138, 150, 153
神の像（かたち） 11〜16, 29, 35, 38, 43, 52, 65, 80, 83, 88, 140
神の御姿 5〜12, 17, 22, 39
『カンタベリー物語』 137
寛容 57, 70, 71

キ
『饗宴』 132
『教会統治の理由』 69, 76, 87
『教会問題における世俗権利』 56
救済史 36, 72, 107

ギリシャ　116, 130, 132, 134, 136, 147, 149, 150, 155〜157, 160, 165
『キリスト教教義論』(*CD*.)　6, 21, 56, 59, 67, 70〜72, 74〜86, 154
『キリスト教綱要』　37, 42
『キリストの地上統治』　70
『金の文字盤』　135

ク
偶像破壊　99, 112
クエーカー　63, 70, 71
Christian humanism(-st)　35, 38, 61, 64, 65, 160

ケ
月下界(sublunary world)　104, 116
『建築十書』　147
ケンブリッジ・プラトニスト　101

コ
『鉱物の効能』(*Lithica*)　135
混合主義(syncretism)　97, 145, 147

サ
三十年戦争　70
三位一体　60, 85, 112, 165

シ
自然法　26, 35, 36, 40, 50, 61, 62, 64, 81, 88
至福直観　5, 10, 17, 18, 39
『失楽園』　5, 8, 16, 19, 21, 22, 27, 34, 35, 37, 39, 43, 45, 51, 55, 56, 58, 62, 66〜68, 70〜72, 74〜76, 78, 80〜82, 84〜90, 94, 106, 112, 115〜120, 122, 134, 135, 154, 156, 159, 162, 163, 166, 168, 171〜175
自由・自由意志(free will)　13, 17, 19, 22, 23, 30, 31, 33〜35, 45〜68, 70〜72, 81, 83, 88, 103, 116
終末論　70, 72〜75, 82〜85
宗教改革（者）(Reformation)　35, 36, 38, 42, 70, 72, 85, 155, 161
'Genesis B'　168, 171, 172, 176
『曙光』　148
神義論　51, 58
『神智学的諸問題』　147
神人同感同情説　8, 18
神人同形説　8, 20

ス
スコラ・スコラ学者〔哲学〕　17, 26, 35, 36, 59, 62, 93, 117, 118
ストア派　26, 27

セ
theory of accommodation, the　6
聖書釈義　154
聖体拝領　99, 112
聖霊　36, 60, 61, 63〜65, 70〜86, 88, 89
separation scene　62, 63
千年王国　70, 71

ソ
想像力　23, 24, 26, 118, 120
創造論　90, 106, 113, 117
Socinianism　158, 165
Zohar　138, 150
存在論・存在の連鎖（梯子）　26, 89, 90, 95, 101, 117

タ
第一原質（原物質）　25, 93, 101, 104, 113, 118
第五王国派　70
typology（予型論）　13, 75, 81, 90, 106, 107, 117, 121, 154, 155, 161
Tuscan artist　114
魂（たましい）　23, 24, 26, 29, 30, 34, 35, 37, 78, 83, 100, 101, 127, 133, 138, 150
堕落後（postlapsarian）　33, 36, 38, 39, 52, 53, 63, 88, 90, 103, 107, 171
堕落前（prelapsarian）　31, 52, 90, 94, 97, 107

チ
中間時　73, 74, 82
長老派　37〜39, 60, 61, 71

テ
「ティマイオス」　141
天球の和音　94, 97, 112, 138, 148
天使　6〜9, 18, 22, 26, 28, 34, 46〜51, 56, 62, 72, 89〜99, 101〜104, 106〜113, 115〜118, 121, 134, 136, 150, 153, 172
『転身物語』　135
天地創造　9, 42, 51, 52, 78, 82, 89, 91

ト
『闘技士サムソン』　43, 56
徳　12, 34, 35, 41, 63
読者の立場　158, 159, 166
Docetism　158, 165
「トビト書」　98, 112, 116

Trinity　149
ドルトの会議　68

ナ
『ナルニア国年代記』　148

ニ
『ニコマコス倫理学』　23, 39
ニグレド nigredo（黒化）　148
二元論　90, 98, 106, 135
二重創造　91, 93, 104

ネ
ネオプラトニズム（ニスト）　96, 97, 101, 106, 132, 134, 137, 140, 143, 145〜147, 149, 150
ネピリム　112

ハ
Paradise Regained　43, 56, 107, 154, 155, 158〜163, 165〜167
バーレスク　143
パルテヤ　155〜157, 160, 165

ヒ
History of Britain　170
Puritan　64, 65, 67, 72, 93, 121

フ
『復楽園』（→ *Paradise Regained*）
プラトニズム　44, 90, 106, 107
'brief epic'　154
plain style　107
プロテスタント　57, 60, 64, 93, 111, 121, 154, 162

ヘ
『ヘルメス文書』（ヘルメス学）　97, 130〜134, 137, 138, 140, 141, 147, 148, 150
弁証神学　35, 36
「弁論演習」　137, 143, 147

ホ
「ポイマンドレース」　133, 134, 147, 148
poetic fiction　93, 109, 113, 118

マ
『魔術的ルネサンス』　138, 140, 152

ミ
『ミルトンの世界』　36, 42, 151

メ
メランコリー　124〜130, 133, 136, 139〜142, 144〜148, 151, 152
『メランコリーの分析』　124, 126, 139
メルカバー　150

ユ
「ユダヤ神秘主義」　150, 153

ヨ
幼児洗礼　74, 87
予型（→ typology）

ヨブ記　97, 157
『四絃琴』　36

ラ
'L'Allegro'　124, 126, 129, 134〜137, 141〜145, 148, 151, 153
ランターズ　64

リ
『離婚の教義と規律』　56
理性　12, 22〜24, 26〜39, 43, 45, 52, 53, 55, 58, 64, 65, 83, 85, 88, 90, 97, 99, 100, 107
律法　31, 32, 157, 164

ル
ルネッサンス　34, 35, 40〜42, 44, 64, 65, 86, 94, 115, 124, 129, 134, 138〜140, 142, 149, 150, 152, 161〜163

レ
レトリック　28, 63, 114, 160
錬金術　95, 99, 131, 140, 141, 146, 148, 152

ロ
ロゴス　27, 35
ローマ　155〜157, 161, 165
『論理学』　16

《著者略歴》

白鳥正孝（しらとり・まさたか）

  1940年　東京上野に生まれる
  1964年　立教大学文学部卒業
  1971年　立教大学大学院博士課程修了
  1977年　イギリス、エクセター大学留学
  1998年9月～1999年9月　イギリス、エセックス大学にて研修
  著作『ミルトン研究ノート』（鷹書房弓プレス、1979）
     『イギリス・アメリカ　もの知り百科事典』（日本英語教育協会、1984）共著
  現在、獨協大学教授

ミルトンの詩想―『失楽園』を中心に

2001年2月15日　初版発行

著　者　白　鳥　正　孝

発行者　寺　内　由　美　子

発行所　鷹書房弓プレス

〒162-0811 東京都新宿区水道町2-14
電　話　東京(03)5261―8470
Ｆ Ａ Ｘ　東京(03)5261―8474
振　替　00100―8―22523

ISBN4-8034-0455-0 C3098

印刷：シナノ印刷　製本：誠製本

改訂増補版

ミルトン研究ノート

白鳥正孝 著

（目次から）

1. The 'Nativity Ode' について

2. 'Arcades' について

3. 'Sonnets' について

4. *Paradise Lost* の悪魔

5. *Paradise Lost* 第十巻

6. *Paradise Regained* の悪魔

7. *Samson Agonistes* について

8. ミルトンと17世紀の世界観

9. 星の叙事詩 ―『失楽園』の星辰学的側面 ―

巻末年表付。

本体 2000 円

鷹書房弓プレス